À toi, divine Hécate.
Merci de m'avoir guidée jusqu'à ce chemin.
Que gloire te soit faite.

Illustrations
de Marion Blanc

Mon GRIMOIRE de SORCIÈRE

par Little Witchy

FLEURUS

SOMMAIRE

C'EST QUOI, UNE SORCIÈRE ?

À travers ces quelques lignes, je t'invite à découvrir qui sont vraiment les sorcières : leurs valeurs, leurs croyances et leur façon de voir le monde.

UN PEU D'HISTOIRE

De tout temps, les sorcières ont existé. Elles étaient celles qui pratiquaient la magie et connaissaient le pouvoir des plantes, de la nature et des éléments. Elles étaient guérisseuses et prêtresses. C'est seulement à partir du Moyen Âge que les sorcières furent pointées du doigt. Elles représentaient un certain pouvoir et un mode de vie à contre-courant de la société, ce qui déplaisait fortement à l'Église catholique. Elles ont donc été perçues comme un véritable danger et furent associées au diable, c'est-à-dire au mal et au pécher. Ces sorcières furent donc persécutées dès la fin du Moyen Âge. C'est ce qu'on appelle la fameuse « chasse aux sorcières » : plus de 100 000 personnes furent accusées de sorcellerie et 50 000 furent exécutées.

LES POUVOIRS D'UNE SORCIÈRE

La sorcière d'aujourd'hui rime avec liberté, indépendance et pouvoir. Ce pouvoir est tout en nous, la magie vit en nous, mais c'est aussi notre volonté, notre savoir, nos connaissances et, par-dessus tout, l'amour et le respect qui font la force de notre pouvoir (on ne recherche pas la puissance dans la souffrance d'autrui). On ne devient pas une sorcière : on est une sorcière, et il s'agit simplement d'aller la chercher en soi.

La sorcellerie est accessible à tous, bien que la pratique demande un énorme don de soi, un investissement profond, de fortes responsabilités ainsi qu'une réelle morale. C'est loin d'être un jeu ! La magie ne se présente pas de la même façon pour tout le monde : chacun voit et ressent les choses différemment. Ce n'est pas un personnage que l'on peut mettre ou enlever à volonté. La sorcellerie devient notre vie entière et peut changer radicalement notre perception du monde.

La pratique de la sorcellerie consiste à utiliser nos connaissances sur la nature pour modifier la réalité qui nous entoure. Et une sorcière se doit d'être en accord avec les ressources de la Terre. En sorcellerie, tout est énergie : la nature, les humains... Et la magie est la manipulation de cette énergie. Une sorcière est aussi celle qui va jeter des sorts et pratiquer des rituels. Elle vénère également des divinités ou des entités, bien que cela ne soit pas obligatoire.

Une sorcière peut être inspirée par un émerveillement enfantin envers la planète et les petites choses que nous négligeons souvent dans nos vies occupées. Être sorcière, c'est bien plus qu'un simple passe-temps. Être sorcière, c'est un mode de vie.

LES DIFFÉRENTES MAGIES

En sorcellerie, il existe de nombreuses magies que l'on définit généralement par des couleurs, afin de pouvoir les différencier. Quelles sont-elles et quels sont leurs liens avec les notions de bien et de mal ?

LA MAGIE NOIRE ET LA MAGIE BLANCHE

En sorcellerie, on associe souvent une magie à une couleur. Les plus connues sont la magie blanche et la magie noire. Mais qu'entendons-nous exactement par « blanc » et « noir » ? Il s'agit tout simplement de la bonne et de la mauvaise magie, bien qu'associer le « blanc » au « bon » et le « noir » au « mauvais » soit un code purement social. Prenons l'exemple du couteau. Il n'est ni bon ni mauvais en soi. C'est ce que tu choisis d'en faire qui détermine sa valeur. Le couteau peut être utilisé comme une arme mais il peut aussi servir à trancher des légumes, pour nourrir une famille. C'est donc un objet neutre.

La magie est toujours nuisible si nous ne savons pas l'utiliser correctement. C'est pour cela qu'il est très important de se renseigner. Tout dépend aussi de l'intention du pratiquant et de ses motivations lors de son acte magique. La notion de bien et de mal est un concept humain : dans l'Univers, ça n'existe pas.

DES SORCIÈRES ÉCLECTIQUES

Beaucoup de sorcières se considèrent comme « éclectiques » : cela signifie qu'elles ne s'inspirent pas d'une religion, d'une tradition ou d'une culture en particulier. Leur pratique provient de nombreuses sources et, finalement, devient la leur. Ces sorcières peuvent, par exemple, vénérer un être supérieur, leur pratique peut être principalement laïque (sans religion) ou encore avoir sa propre spiritualité. En bref, une sorcière éclectique établit ses propres règles.

La wicca

La sorcellerie est une compétence, une façon de travailler avec l'énergie pour produire un résultat, alors que la wicca est une philosophie spirituelle, une religion. La wicca a son propre code de conduite, ses concepts, ses rituels, ses divinités, etc. Les gens confondent parfois les termes « sorcière » et « wiccan ». Les wiccans (les adeptes de la wicca) pratiquent généralement la sorcellerie, mais les sorcières ne sont pas nécessairement des wiccans. C'est un choix, pas une obligation !

La magie verte

Le plus souvent, cette magie est liée à la nature, aux plantes et à l'énergie qu'elles possèdent. C'est un terme moderne qui sert à décrire la magie qui utilise des pierres et des ingrédients naturels pour apporter des changements ou pour améliorer l'avenir de la planète.

La magie rouge

La magie rouge est associée à l'amour, à la séduction et au plaisir amoureux ou charnel. C'est une magie liée à la sensualité, notamment par la manifestation d'un désir.

La magie élémentaire

La magie élémentaire honore les quatre éléments : la terre, l'air, le vent et le feu.

La magie traditionnelle

C'est une magie liée aux ancêtres ou à des folklores ancestraux. Elle s'appuie sur de nombreux vieux écrits et grimoires. On honore les anciennes façons de pratiquer l'art de la sorcellerie : les pratiquants traditionnels tiennent en haute estime l'histoire et les coutumes.

LES DIFFÉRENTS PLANS

Dans cette partie, je viens te parler des différents plans de notre existence. Un plan est un niveau d'existence, de pensée ou de développement. Ces plans sont censés être une série de mondes ou de dimensions qui fusionnent avec, au centre, la planète physique sur laquelle nous vivons, le système solaire, et toutes les structures physiques connues de l'Univers.

Le plan astral

C'est le monde de l'énergie et de l'esprit. Le monde astral est fait de ces entités invisibles et silencieuses, pour la plupart. Le monde spirituel est imprégné du monde astral. Sur Terre, il existe des formes de matières solides, liquides et gazeuses, mais au-delà, dans l'Univers, de nombreux autres mondes ou dimensions occupent l'espace. De plus, ces mondes, et les corps qui leur correspondent, ne sont pas séparés de nous et font partie de notre nature, bien qu'ils soient ordinairement cachés à notre perception. Astral signifie subtil, et il existe une forme d'existence subtile qui vit au-delà de la perception sensuelle.

Le plan mental

C'est le monde de la pensée, le plan de la création tout simplement. Quand tu réfléchis, quand tu penses à quelque chose, quand une idée te vient, tu interagis avec le plan mental. Tout commence d'ailleurs sur le plan mental avant de se manifester sur le plan physique. Tu dis d'abord : « J'aimerais manger une gaufre » avant de te lever et d'aller en chercher une dans le placard de la cuisine. Tout a débuté dans ton esprit par une pensée. Chaque pensée est associée à une image, un son et une couleur.

Le plan physique

C'est le monde perceptible avec nos cinq sens. C'est le plan de la perception finalement, ce que nous connaissons. Il fait référence à la réalité visible de l'espace et du temps, de l'énergie et de la matière. Il comprend donc la faune, la flore, les minéraux.

L'APPRENTISSAGE

En sorcellerie, rien n'est vraiment acquis. Même après des années de pratique, on apprend tous les jours. Tu n'as pas besoin obligatoirement de mentor, d'une personne pour t'enseigner la sorcellerie, ni même de venir d'une lignée de sorcières. Les meilleures connaissances se font en pratiquant, avec l'expérience !

Où trouver des informations pour débuter ?

Tu peux commencer par chercher des informations sur Internet. Tu trouveras beaucoup plus de sites en langue anglaise qu'en français. Un conseil cependant : croise toujours tes sources et fais le tri, prends du recul. Si l'on te dit que la magie a des couleurs, est-ce que cela te parle et te correspond réellement ? Est-ce que selon toi, les couleurs sont vraiment essentielles en magie ?

Il existe également un bon panel de livres sur l'ésotérisme. De nombreuses maisons d'édition en proposent. Encore une fois, croise bien tes sources car personne ne détient la vérité absolue. Ne te fie pas qu'à un seul et même auteur. Ma vision des choses sera sûrement différente de celle d'autres pratiquants, et c'est normal. Les livres ont des contenus très définis qui nous enferment dans un système de croyances, mais c'est à toi de créer ta pratique car chacun ressent les choses à sa façon et les vit différemment. Parfois, avec du recul et de l'expérience, tu commenceras à comprendre tes propres erreurs.

Comment s'y prendre ?

Pour commencer, dirige-toi vers des livres ou des sites qui traitent de la sorcellerie de façon générale pour avoir un aperçu de ce qui t'attend, afin de bien cerner ce que c'est, un peu comme celui que tu es en train de lire en ce moment même ! Il en existe plusieurs, certains sont plus ou moins complets.

Oriente-toi ensuite vers des livres ou des sites qui traitent des bases de la pratique (la purification, l'ancrage, la protection, les énergies) en profondeur pour bien tout assimiler.

Une fois ces bases intégrées, tu pourras découvrir les différentes branches de la sorcellerie, commencer à t'intéresser aux rituels, au monde invisible, etc.

Enfin, n'hésite pas à consulter de vieux grimoires (*Le Petit Albert* et *Le Grand Albert*, *Le Dragon rouge*, *La Poule noire*...) pour découvrir comment était pratiquée la sorcellerie dans les temps anciens.

L'INTENTION

En sorcellerie, l'intention est primordiale. Il te faudra définir correctement ton objectif, car, parfois, même les bonnes intentions mènent à de terribles résultats. Quand tu fais de la magie, tu dois croire en toi et en ta capacité à produire le résultat que tu recherches.

L'intention, c'est quoi ?

L'intention est fondamentalement le désir ciblé. En fait, c'est l'intention qui détermine le résultat. La visualisation et l'intention vont de pair : tu dois visualiser exactement ce que le sort va faire et quel sera son résultat. Prenons un exemple : tu souhaites attirer l'amitié à toi. Visualise dans ta tête l'ami idéal que tu aimerais avoir à tes côtés, imagine-toi l'endroit où tu voudrais rencontrer cette personne. Ressens aussi la confiance, la sérénité et l'amour que t'apporterait le fait de te savoir entourée et comprise.

Et la visualisation ?

La visualisation est une technique utilisée en sorcellerie pour t'aider à te concentrer sur ton intention. Elle va venir faire appel à ton imagination, à tes sens, pour créer des images. Elle est fortement utilisée dans le travail énergétique pour t'aider justement à ressentir le flux d'énergie.

Chaque personne visualise différemment. Il n'y a pas de bonne ou de mauvaise façon de faire. Dans la vie de tous les jours, tu utilises la visualisation chaque fois que tu te remémores un souvenir, quand tu racontes une histoire, quand tu imagines des scénarios, quand tu fais des listes mentales. Tout cela, c'est de la visualisation, et, au final, parfois, tu le fais sans t'en rendre compte.

La visualisation n'est pas forcément facile pour tous. Personnellement, il y a certaines choses que je n'arrive pas à ressentir. N'hésite pas à t'entraîner : c'est en forgeant qu'on devient forgeron, comme pour tout le reste ! Pour t'aider à visualiser avant de jeter un sort, tu peux aussi utiliser les cartes de tarot, qui sont des symboles inspirants.

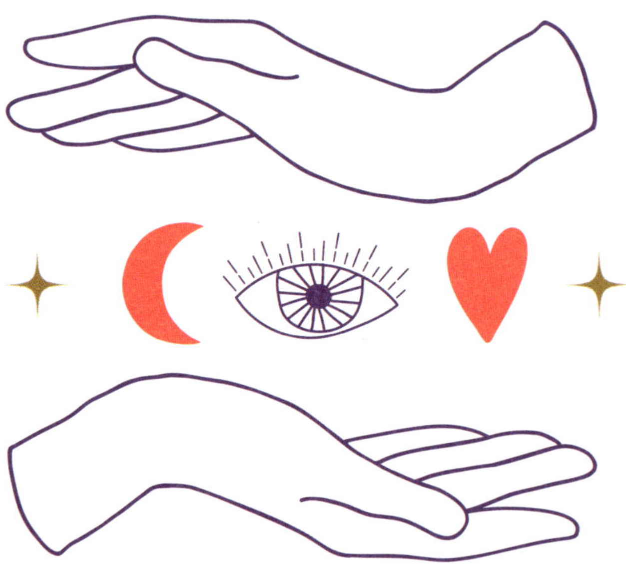

LA PURIFICATION

Nos lieux de vie sont empreints de nos émotions, de nos colères, de nos tristesses… et, à force d'y être confrontée au quotidien, tu dois te décharger de toutes ces énergies négatives pour recevoir ce que tu désires. La purification est un élément indispensable pour moi. Je t'invite à découvrir dans ces quelques pages comment procéder.

C'est quoi, la purification ?

La purification se débarrasse de l'énergie négative qui nous encombre. Elle s'apparente à un processus de nettoyage en profondeur, un peu comme lorsque tu fais le ménage pour éviter que ton lieu de vie ne devienne trop sale. L'énergie non désirée, qui réside dans nos maisons, dans un objet ou en nous-mêmes, peut produire des effets indésirables, tant dans notre vie quotidienne que dans nos pratiques magiques. C'est pourquoi la purification est essentielle. Mais comment la pratiquer ? Je te propose plusieurs méthodes qui ont fait leurs preuves.

• ATTENTION ! •

Je déconseille l'utilisation de la fumigation pour les personnes sensibles au niveau des voies respiratoires, comme les asthmatiques. Attention également lorsque tu utilises un briquet ou des allumettes.

La fumigation

La fumigation consiste à purifier une pièce, un objet ou soi-même avec de la fumée. Celle-ci brise les énergies bloquées ou indésirables et les transforme en énergie neutre et fluide. La sauge officinale est souvent utilisée, tout comme le cèdre, le romarin ou la lavande. Il faut à tout prix éviter de faire brûler de la sauge blanche. En effet, sa commercialisation a rendu plus difficile son obtention par les populations indigènes, qui en ont réellement besoin pour leurs rituels.

Il te suffit de faire circuler la fumée sur ton corps, dans la pièce ou sur un objet, en brûlant les herbes à l'aide d'un briquet ou d'une allumette. Tu peux poser ton bâton de fumigation dans une petite soucoupe ou encore le tenir entre tes mains (en faisant attention à ne pas te brûler).

Laisse la fumée envahir la totalité de la pièce afin de bien « tuer » les énergies indésirables. Puis ventile la pièce (fenêtre ouverte) afin de faire disparaître ces énergies négatives.

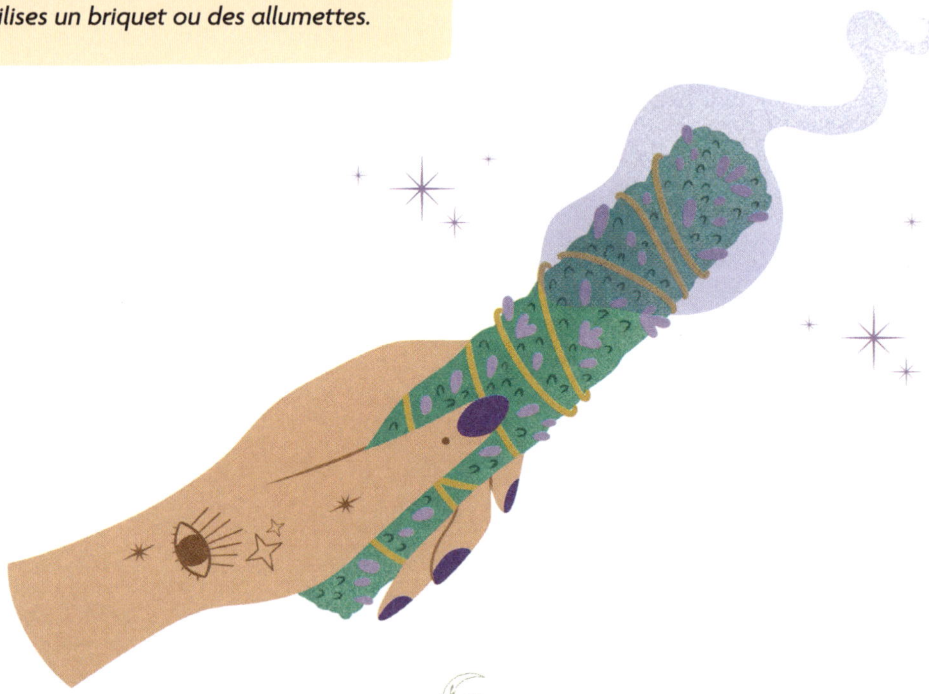

Le son

Les cloches, les tambours, la musique sont aussi tous capables d'éliminer les résidus énergétiques indésirables. Cette méthode est particulièrement adaptée aux grands espaces et peut être combinée à la danse intuitive, une danse où tu te laisses complètement aller, où tu fais bouger ton corps comme tu l'entends, où tu réalises des gestes lents ou rapides (c'est un excellent moyen d'écouter ton corps !). Tu peux accrocher des cloches à ta porte d'entrée pour que ton lieu de vie reste nettoyé et que tes propres énergies soient stimulées chaque fois que tu pars et que tu reviens.

L'eau

S'immerger dans un bon bain purificateur permet d'éliminer de nombreuses énergies négatives. Tu peux prendre une douche, un bain ou, encore mieux, plonger dans la mer. C'est aussi un excellent moyen de se détendre tout en prenant soin de soi.

Laver un objet ou le laisser tremper dans de l'eau sont aussi d'excellentes façons d'éliminer les énergies indésirables. Si tu es très sensible et gêné par l'odeur de la fumée, une autre option consiste à remplir une fiole d'eau avec des plantes et à en vaporiser une pièce ou un objet.

• ATTENTION ! •

Certaines herbes, pierres et cristaux peuvent être très toxiques lorsqu'ils sont placés dans l'eau. Renseigne-toi bien avant de pratiquer.

La Lune et le Soleil

La lumière émise par la Lune et le Soleil peut aussi être utilisée pour nettoyer des objets. Pour capter l'énergie du Soleil, expose-toi, par exemple, quelques minutes sous ses rayons. Le Soleil est vitalisant : il te donnera un regain d'énergie.

Pour le rechargement à la Lune, il est souvent nécessaire de tenir compte des phases de la Lune ou de la saison. En effet, la nouvelle lune est associée aux nouveaux départs. C'est une phase d'attraction, et tous les rituels qui consistent à attirer quelque chose à soi sont appropriés. C'est un moment idéal pour les intentions et les vœux. La pleine lune, elle, est une phase de bilan, de gratitude et de créativité. C'est souvent lors de cette phase-là que tu peux recharger tes cristaux (voir page 36).

• PETIT CONSEIL •

La purification ne doit pas se faire trop régulièrement sinon elle produirait l'effet inverse. Le mieux est de s'y adonner quand on en ressent le besoin, quand on a accumulé trop de charges négatives, quand on a côtoyé trop de personnes et aussi, bien évidemment, avant un rituel.
On peut aussi réaliser une purification une fois par semaine, le week-end, afin de se décharger des énergies négatives parasites et repartir du bon pied la semaine suivante !

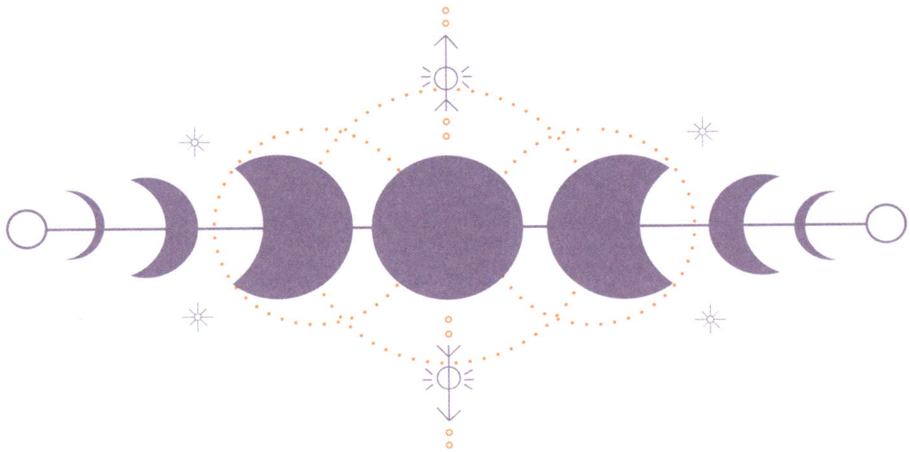

LA PROTECTION

Lorsque nous travaillons avec les énergies, c'est comme si nous activions un bouton « ON ». On allume comme un phare dans l'au-delà, on s'illumine de cette énergie qui va attirer vers elle l'attention de toutes sortes d'entités. Notre esprit s'illumine dans le plan astral. L'astral, c'est la route qui mène partout, le lieu où l'on se trouve lorsque l'on n'est nulle part ailleurs, c'est un « lieu » où finalement tout se rencontre. À cause de ce rôle de carrefour entre les plans (voir page 14), accéder au plan astral peut être très dangereux. C'est pourquoi, il est essentiel de se protéger. Chaque personne possède ses propres rituels de protection. Le mieux est de combiner plusieurs méthodes.

En quoi consiste la protection ?

En tant que sorcières, nous devons nous protéger des énergies négatives, des entités et des éventuelles attaques d'autres pratiquants. La protection, c'est créer un bouclier, c'est faire office de barrière pour se protéger, mais aussi pouvoir renvoyer le mal, tel un boomerang, lorsque quelqu'un ou quelque chose essaie de briser cette protection.

La première des protections est le respect. Une sorcière se doit d'être respectueuse envers les autres, envers les lieux, les entités, mais également respecter sa parole, en faisant attention à ce qu'elle dit (fausses promesses, irrespect envers les dieux...).

Il est aussi essentiel de cultiver sans cesse le pouvoir de l'esprit positif : penser au plus profond de soi qu'on est protégé et donc intouchable (même si cela ne suffit pas !).

Les rituels de protection sont à réaliser assez régulièrement.

• ATTENTION ! •

Les rituels de protection que je vais te présenter te permettront de te protéger de certaines énergies, dont certaines entités qui peuvent abuser de ta naïveté. D'autres viendront te soustraire de l'énergie volontairement ou te voudront peut-être du mal. À toi de faire bien attention !

Les pierres protectrices

Porte une pierre sur toi (un collier, un bracelet, dans un pochon, dans la poche d'un vêtement). Tu peux utiliser la labradorite, la cacoxénite, l'obsidienne, l'œil-de-tigre, l'onyx ou la tourmaline noire. N'hésite pas à charger/programmer la pierre spécifiquement pour qu'elle te protège (voir page 36).

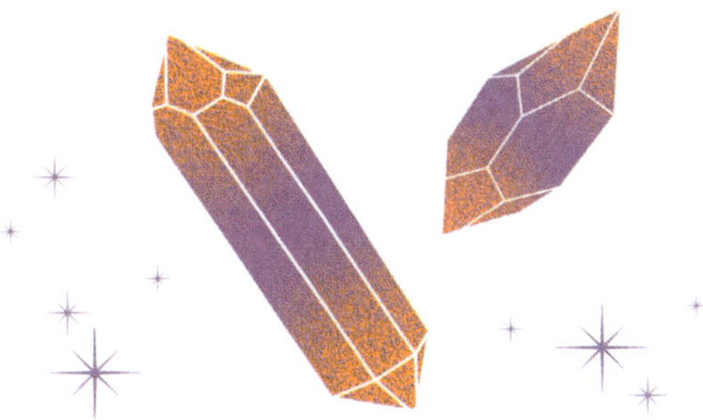

La visualisation

Tu peux tout simplement visualiser un bouclier de protection. Pour cela, vide-toi la tête et concentre-toi sur une bulle, qui prend forme autour de toi. Imagine sa forme et sa couleur (dorée, rose pâle, blanche...). C'est un gros travail de visualisation, que certaines personnes, grâce à leurs capacités, parviennent à créer dans le plan astral.

Les symboles

Tu peux porter ces symboles (en bijou, sur toi), les glisser dans tes poches, les graver sur ta peau, les dessiner ou les encadrer. Voici les symboles de protection les plus utilisés :

- **Le pentacle**, qui représente les éléments, est un symbole très répandu et très efficace.

- **Les runes** (les lettres d'un vieil alphabet), notamment les runes Elhaz et Thurisaz. Elles sont à utiliser avec précaution. Renseigne-toi bien avant de t'en servir.

- **Les sigils** sont des symboles tracés, des sceaux, représentant ton intention magique. Ils vont être chargés de cette énergie.

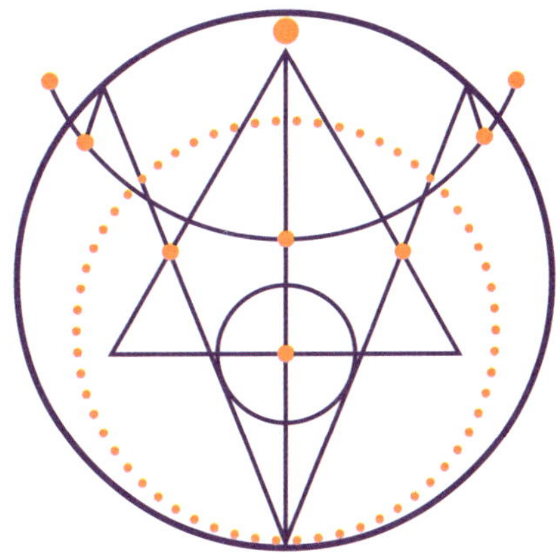

- **L'arbre de vie celte** représente l'enracinement ainsi que l'élévation vers le ciel.

• **Le triskèle, le nœud celtique et la triquetra** sont des symboles qui n'ont ni début ni fin. Ils représentent la mort, la renaissance, le renouveau.

• **La triple lune** représente le cycle lunaire connecté à la déesse mère. Elle peut être différente selon les religions et les croyances.

• **L'œil d'Horus** est un symbole égyptien qui permet de prévoir le mauvais sort, les dangers potentiels et de s'en protéger.

Les *spell jar* ou *spell bag*

C'est une fiole (ou un pochon) dans laquelle tu peux ajouter des herbes protectrices, des pierres, des huiles essentielles en posant tes intentions. Il y a toute une méthodologie à suivre pour réaliser un *spell jar*. Tu peux les disposer sur ton autel ou les porter sur toi (dans ton sac à main, ta poche, en collier, etc.).

Les êtres spirituels

Tu peux compter sur tes ancêtres pour te protéger. Les défunts sont les esprits les plus proches de toi. Mais avec le temps et l'expérience, tu sauras faire appel à des entités : elles seront des guides qui te protégeront également.

Le sel

C'est un très bon outil de défense, notamment pour tracer un cercle de protection. Attention cependant : le sel crée une bulle protectrice, mais si une bonne purification n'est pas effectuée en amont, ce qui se trouve autour de toi restera enfermé dans ce cercle.

• COMMENT RÉALISER UN CERCLE DE PROTECTION ? •

Un cercle de protection est un espace sûr en raison de sa capacité à protéger des influences extérieures et des énergies indésirables. Il est à réaliser lors de travaux magiques : il sert de récipient pour ton énergie personnelle ainsi que pour l'énergie que tu vas manipuler. Ton pouvoir en tant que sorcière est amplifié par ce cercle. Un cercle est souvent réalisé à l'aide de sel puisqu'il fournit une barrière impénétrable. Il empêche les entités et les énergies néfastes d'entrer et peut également être utilisé pour piéger une entité invoquée à l'intérieur. Le cercle de protection n'est pas obligatoire, c'est à toi de décider ce qui semble le mieux pour toi. Si tu souhaites en réaliser un, suis ces différentes étapes :

1. Place-toi dans un endroit plat (chez toi ou en extérieur) où tu ne seras pas dérangée. Il faut que tu puisses rentrer dans le cercle et t'y déplacer. En sachant qu'une fois dedans, il ne faudra pas en sortir.

2. Trouve les quatre points cardinaux à l'aide d'une boussole (disponible sur ton téléphone). Je te conseille de placer une représentation simple de chacun des quatre éléments à chaque point autour du cercle : terre/nord, air/est, feu/sud, eau/ouest. Pour l'élément de la terre, tu peux déposer une pierre ou de la terre, quelque chose en lien avec la nature. Pour l'élément du feu, une bougie. Pour l'élément de l'air, une plume ou de l'encens. Pour l'élément de l'eau, des coquillages, un calice ou un verre avec de l'eau.

3. Après avoir purifié ton environnement (voir page 18), assieds-toi face à l'est, au centre du cercle. Détends-toi et respire jusqu'à ce que tu sois centrée et présente. Dis simplement ces mots : « Air, feu, eau, terre, éléments de la naissance astrale, je vous appelle maintenant. Rejoignez-moi dans le cercle, à juste titre. À l'abri de la malédiction ou du souffle, je vous appelle maintenant, qu'il en soit ainsi ! »

4. En partant de l'est, allume l'encens en disant : « Esprits de l'air, je vous invoque ». Fais de même pour les autres directions selon le sens des aiguilles d'une montre, en allumant la bougie pour le feu, en éclaboussant l'intérieur du cercle avec l'eau, en touchant de la terre pour la terre.

5. À l'intérieur de ton cercle magique, sens-toi protégée et contenue de tous les côtés, ainsi qu'en haut et en bas. Ressens de la gratitude pour ce soutien divin et dis : « Merci, soyez bénis. »

6. Lorsque tu as terminé ton rituel, remercie chaque élément ainsi que la Terre et l'Univers. Cela fait partie de la fermeture de ton cercle magique et de la libération de l'énergie qu'il contient. Pour ce faire, remets-toi debout, puis dis, tout en te tournant vers chaque élément : « Eau, tu étais là, et je te remercie. » Puis, après un temps de pause, ajoute : « Le cercle est ouvert mais jamais brisé. L'amour de la déesse mère est pour toujours dans mon cœur. Que nulle énergie négative ne puisse me suivre. »

7. Sens et imagine que l'énergie que tu as créée dans ton cercle magique est libérée.

L'ANCRAGE

L'ancrage est l'une des formes de protection les plus importantes. Cette pratique consiste à se relier à la terre, à vivre le moment présent et à se reconnecter à son corps. En réalité, le corps s'ancre tout seul quotidiennement. Mais dans la nature, on emmagasine une énergie bien plus neutre et plus saine qu'au contact d'autres humains.

Comment s'ancrer ?

Tu vas pouvoir te relier à la terre mère avec ces petits gestes du quotidien.

- Porte des pierres d'ancrage (liées à l'élément terre).
- Porte des symboles liés à l'élément terre, des représentations de la terre mère.
- Marche pieds nus sur l'herbe ou le sol.
- Jardine.
- Promène-toi dans la nature, balade-toi, passe du temps dehors.
- Passe du temps avec tes animaux.
- Fais du sport ou de la méditation.
- Fais la vaisselle.
- Danse.
- Mange des produits venant de la terre.

Pour le côté un peu plus magique, lors de rituels ou de sorts, essaie ces différentes activités :

- Assieds-toi les pieds contre le sol ou les jambes croisées, que ce soit dans ta chambre ou dehors, près d'un arbre. Imagine des racines qui partent de tes pieds ou de la fin de ta colonne vertébrale et qui s'enfoncent dans la terre. Une fois la visualisation installée, imagine tes énergies néfastes descendre vers le sol, vers tes racines, et l'énergie bénéfique et lumineuse de la terre remonter le long de ton corps.
- Si tu n'es pas à l'aise avec la visualisation, tu peux t'allonger sur le sol et te sentir fusionner avec la terre.
- Touche une plante et imagine un lien physique se former avec elle, et donc, avec la terre. Mets les mains dans de la terre, caresse le sol.

LE MATÉRIEL D'UNE SORCIÈRE

Dans l'imaginaire collectif, la sorcière possède un balai, un chaudron et une baguette magique. Mais a-t-elle besoin de tout cet attirail pour exceller en magie ? Eh bien, non ! Ces outils restent facultatifs. Il est inutile de te ruiner dans l'achat d'instruments dont tu ne vas peut-être même pas te servir. Ceux que je vais te présenter ici sont les plus connus, souvent très utilisés par les pratiquants eux-mêmes, mais c'est à toi seule de choisir ce qui te conviendra le mieux.

1 LE CHAUDRON

Le fameux chaudron est très utile. Il sert notamment lors de rituels, à faire brûler des herbes, à mijoter des potions, à brûler des offrandes. Il symbolise le ventre de la déesse mère. Aussi, une fois rempli d'eau, devient-il un miroir magique pour lire l'avenir.

2 LE GRIMOIRE (OU LE LIVRE DES OMBRES)

C'est tout simplement le journal intime de la sorcière. C'est dans ce carnet que les sorcières retranscrivent souvent leurs connaissances et prennent des notes. On y retrouve les rituels et les sorts, ainsi que des textes très personnels. Il n'y a pas d'ordre établi à suivre ou de notes à retranscrire obligatoirement dans ton grimoire : fais ce que tu veux, comme bon te semble. Ça n'est pas grave s'il n'est pas parfait, s'il n'est pas très soigné. Tant qu'il te plaît, c'est le principal !

3 LE CALICE

Symbole de l'eau, c'est une coupe sacrée qui est utilisée lors de célébrations ou lors de rituels pour contenir de l'eau ou de l'alcool, comme du vin, par exemple. Tu peux l'utiliser lors d'offrandes liquides aux divinités.

4 L'ATHAMÉ

L'athamé ressemble à un couteau. Il possède à peu près la même fonction que la baguette magique : il sert à canaliser les énergies et à les rediriger. C'est un outil qui n'est pas fait pour couper. Il peut éventuellement être utile pour graver des sigils ou cueillir des plantes, mais ça n'est pas sa fonction principale. Il peut également rompre des liens énergétiques et servir de protection en cas de problème. Pour moi, l'athamé ne sert pas à tracer un cercle énergétique, même si certains affirment le contraire. Le mieux est d'utiliser la baguette, dont c'est la fonction première, pour condenser puis diriger l'énergie (ou même tout simplement son doigt).

5 LA BAGUETTE

La baguette est un symbole de pouvoir. Elle décuple notre intention et prolonge aussi nos énergies personnelles : c'est un outil de transfert d'énergies. Le mieux est que tu la confectionnes toi-même. Pour cela, pars en forêt et suis ton instinct : ramasse une branche qui te plaît pour réaliser ta baguette. Tu peux ensuite la poncer, graver des symboles dessus, la décorer avec des cristaux, des plantes ou de la corde. Tu peux aussi en acheter une dans une boutique ésotérique (boutique spécialisée dans l'occulte et la sorcellerie) ou bien sur Internet (sur le site Etsy, par exemple).

1

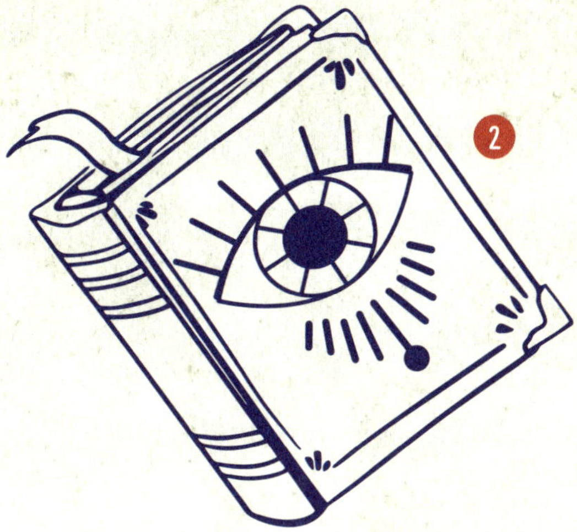

2

3

4

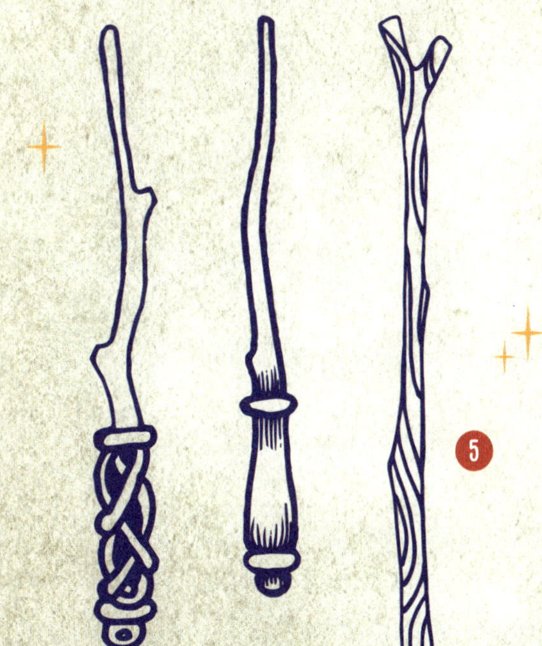

5

6 LA BOUGIE

La bougie est un outil ayant un lien fort entre le monde physique (celui dans lequel nous vivons) et le monde astral (invisible). Elle s'allume dans le monde physique mais également dans le plan divin. À travers la bougie, on crée donc comme une passerelle entre les deux mondes, ce qui permet d'ouvrir une porte vers d'autres univers et de transmettre notre volonté au divin. Pour moi, la bougie est aussi un outil apaisant : c'est cette lumière dans l'ombre.

7 L'ENCENS

L'encens est pour moi essentiel. Sa combustion crée une certaine atmosphère, des vibrations, qui ajoutent une valeur incommensurable à un rituel magique, à une prière, par exemple.

8 LE BALAI

Alors non, la sorcière ne vole pas sur un balai ! C'est un outil associé au nettoyage afin d'effectuer une purification de soi et des lieux sacrés. Certaines sorcières utilisent de grands balais, quand d'autres se servent de tout petits afin de chasser les énergies négatives.

6

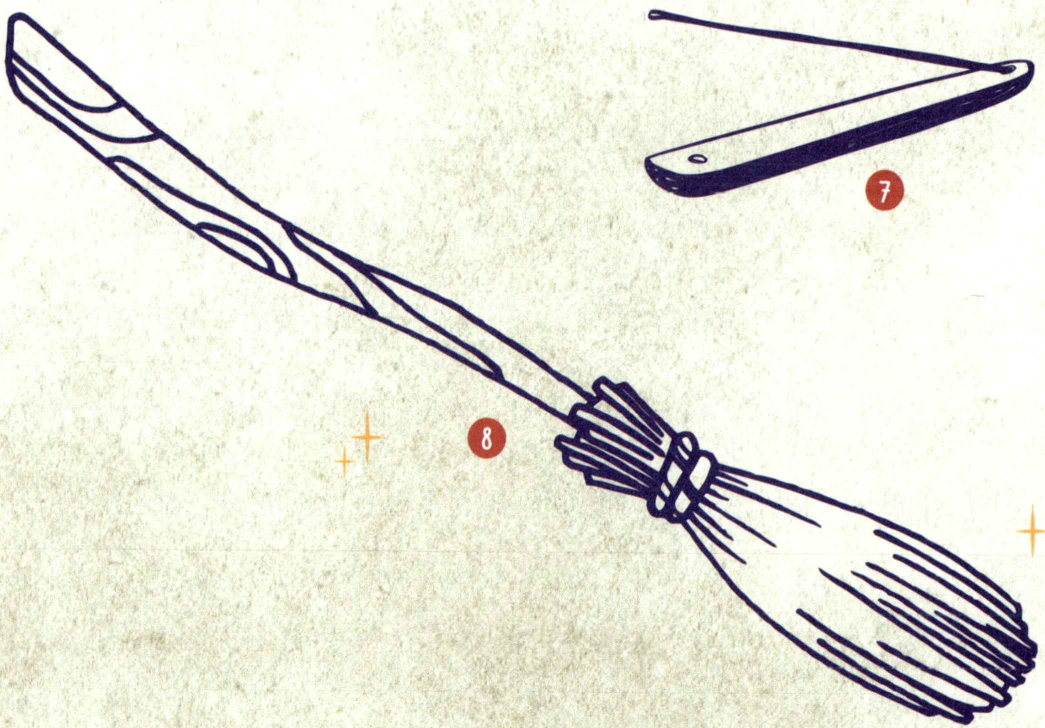

7

8

9 L'AUTEL

Qu'il soit petit ou grand, l'autel est un espace spirituel sacré. Il va représenter ta pratique, tes croyances. Les objets sur ton autel peuvent symboliser les éléments, les esprits, des sentiments, des intentions, des choses qui te parlent, te rendent heureuse, voire les déesses ou les dieux spécifiques avec lesquels tu souhaites te connecter ou que tu aimerais honorer.

Personnellement, sur mon autel, on retrouve, entre autres, des pierres, des os, des représentations de la déesse Hécate que je vénère, des peaux de serpents, des éléments de la nature.

Tu peux créer ton autel sur un bureau, un meuble, une étagère, l'âtre d'une cheminée ou encore une table d'appoint. L'autel se trouve généralement dans un endroit peu fréquenté par d'éventuels visiteurs, souvent dans une chambre ou un bureau.

Cet endroit sacré va devenir comme un lieu de recueil, un endroit de ressourcement. C'est ici que tu vas pouvoir réaliser tes actes magiques. L'autel est sacré : il doit être propre, soigné et à ton image.

LES CORRESPONDANCES

Les correspondances sont essentielles en sorcellerie. Elles permettent d'associer différents éléments qui, en se connectant, favorisent la puissance du rituel, son énergie et le renforcement de son action juste. Chaque plante, chaque animal, chaque jour possède sa propre signification, sa propre magie, sa propre action. Découvre ici quelques correspondances qui te serviront dans ta pratique.

L'HERBORISTERIE DE LA SORCIÈRE

Les plantes sont des organismes vivants qui regorgent de secrets et de magie. Au fil du temps, à travers les générations et les cultures, après de nombreuses recherches et expériences, les peuples ont attribué des énergies ou des qualités à chaque plante. De tout temps, on les a utilisées pour les incorporer dans des rites, à la médecine, à l'alimentation... utilisant leurs énergies dans la création de nos identités culturelles et spirituelles.

Communiquer avec les plantes

Les plantes et les fleurs sont constituées de vibrations. Elles nous envoient constamment des messages notamment avec leur parfum, leur forme, leur couleur, leur cycle de croissance, leur saveur, les animaux qu'elles attirent ou repoussent... Cela peut paraître fou mais il est important de communiquer avec elles ! Les végétaux sont des êtres vivants et ils ont le droit à la parole et au respect. Ils ont besoin d'amour, de temps et d'écoute. Certaines plantes sont silencieuses, certaines insultent et d'autres sont de vraies pipelettes et communiquent énormément !

Lorsque tu te rends en forêt et que tu prends la décision d'arracher une branche de houx afin de l'utiliser pour un sort, demande toujours à la plante son autorisation. Lors de cette demande, tu ressentiras peut-être des sensations, une intuition positive ou négative, des mots te viendront à l'esprit... Tu peux également remercier la plante à l'aide d'une offrande confectionnée à l'avance, comme une eau solaire chargée en énergie vitalisante (de l'eau de pluie ou de l'eau en bouteille que tu auras laissé exposée au soleil plusieurs heures). Offre-lui aussi, en échange, ton énergie (une méditation, par exemple).

La magie des plantes est facile. Il n'est pas nécessaire de faire appel à des forces extérieures, car leur puissance réside dans les plantes elles-mêmes, dans la matière organique. C'est aussi pour cette raison qu'il faut toujours se référer aux correspondances (voir page 33), à ne surtout pas négliger !

LE LAURIER

Élément : feu.

Énergies : argent, confiance, divination, guérison, protection, rêves, souhaits, succès, victoire.

Utilisations : les feuilles de laurier sont de puissants outils magiques. Écris ton intention ou un mot sur la feuille de laurier (par exemple « Protection »), puis brûle-la.

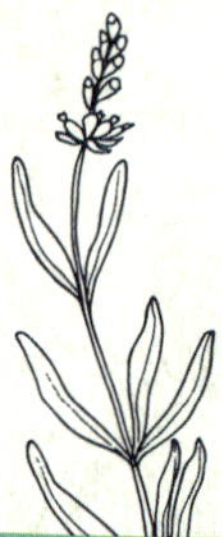

LA LAVANDE

Élément : air.

Énergies : bonheur, divination, guérison, harmonie, protection, purification, réconciliation, réduction de l'anxiété, relaxation, sommeil.

Utilisations : la lavande peut être ajoutée à presque tous les travaux magiques pour soulager le stress. C'est une plante qui apaise énormément et qui augmente les capacités psychiques.

LA MENTHE

Élément : air.

Énergies : argent, bonheur, chance, clarté mentale, communication, élimination des mauvais sorts, expression de soi, guérison, prospérité, sorts énergisants, voyages.

Utilisations : bien que chaque menthe ait ses propres propriétés, elles partagent toutes des liens avec l'argent, la prospérité, les voyages et la communication.

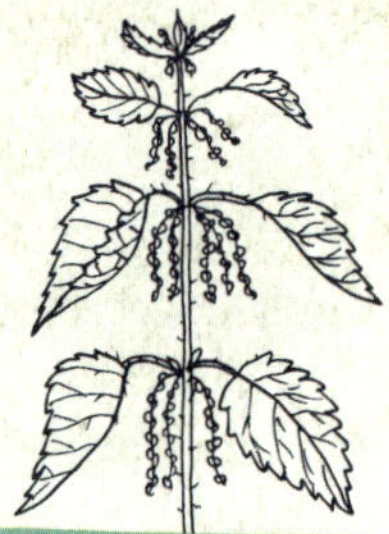

L'ORTIE

Élément : feu.

Énergies : croissance, élimination des mauvais sorts, force, harmonie, paix, peine de cœur, positivité, protection, purification, retour du mal, romance, santé.

Utilisations : l'ortie est vraiment très efficace contre les énergies négatives, c'est une plante de défense. Comme lorsque tu la touches, elle se défend en te provoquant des picotements et des démangeaisons.

LE PATCHOULI

Élément : terre.

Énergies : amour, attraction, courage, croissance, fertilité, luxe, magie de la terre, richesse, sensualité.

Utilisations : qu'on l'aime ou qu'on le déteste, le patchouli est l'ultime plante de l'énergie terrestre. Il est parfait pour l'enracinement et la croissance.

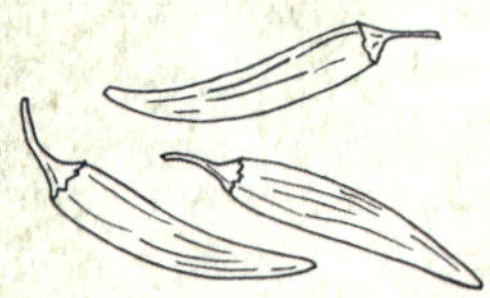

LE PIMENT

Élément : feu.

Énergies : amitié, détermination, force, protection, puissance, réussite, sensualité, virilité, volonté.

Utilisations : le piment, tout comme son goût, est très puissant, notamment lors des rituels d'amour, afin de donner un peu de « piment » à la relation.

LE ROMARIN

Éléments : air, feu.

Énergies : amour, ancêtres, bannissement, force, nettoyage des outils magiques, protection, purification, sagesse, souvenir, vertu.

Utilisations : il est associé à la mémoire et au souvenir des morts.

LA ROSE

Élément : eau.

Énergies : amour de soi, beauté, bénédiction, guérison émotionnelle et spirituelle, pouvoirs psychiques, protection, relations saines, santé.

Utilisations : la rose est la reine des fleurs et une experte dans tout ce qui concerne l'amour. Les roses séchées et fraîches sont utilisées lors d'une grande variété de sorts et de rituels.

LA SAUGE OFFICINALE

Éléments : air, terre.

Énergies : bannissement des esprits, chance, magie ancestrale, protection, purification, sagesse.

Utilisations : c'est une plante assez puissante que j'utilise beaucoup. Elle nous ouvre à la réception de messages spirituels tout en restant fermement ancrée dans la réalité.

LE THYM

Éléments : feu, air, eau.

Énergies : capacités psychiques, foyer, guérison, protection contre les énergies négatives, renouveau, richesse, santé.

Utilisations : cette plante permet de chasser les influences néfastes. C'est vraiment une puissante plante de purification.

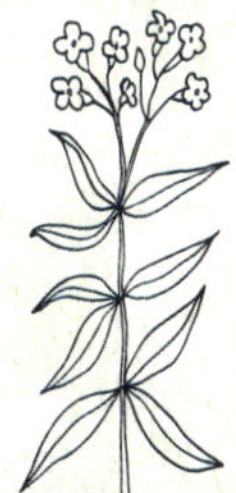

LA VERVEINE

Élément : eau.

Énergies : amour, divination, étude, guérison, inspiration, passion, protection, purification, rêves, sommeil.

Utilisations : l'armoise et la verveine sont des énergies très complémentaires et sont souvent utilisées pour représenter le jour (verveine) et la nuit (armoise). Petite référence à la série *The Vampire Diaries* qui a bercé mon adolescence : la verveine protège des vampires !

• ATTENTION ! •

Pour des raisons écologiques, de provenance ainsi que d'appropriation culturelle, je te déconseille d'utiliser de la sauge blanche (uniquement la blanche) ou du palo santo. Ce sont des produits que tu trouveras facilement dans les magasins mais qu'il ne faut pas acheter. Il existe de nombreuses autres plantes purificatrices qui ne détruisent pas notre planète. Renseigne-toi toujours sur la provenance des plantes que tu choisis.

L'UTILISATION DES CRISTAUX

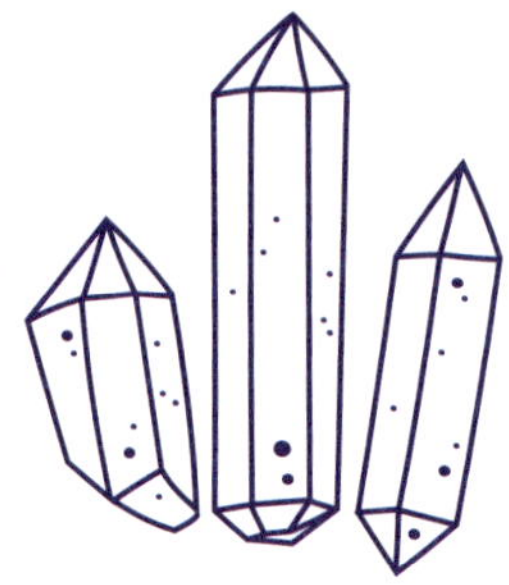

La lithothérapie considère que les pierres ont un pouvoir de guérison. C'est une expérience propre à chacun et tu n'es nullement obligée d'utiliser des cristaux pour arriver à tes fins. Il en existe de très nombreux et je ne pourrais pas tous les citer ici. Je vais donc te présenter ceux qui sont les plus utilisés et les plus connus.

À quoi servent les cristaux ?

Ces petits bijoux tout droit sortis de terre sont comme une sorte d'amplificateur, une batterie d'énergie magique. Lorsqu'on charge un cristal, on le transforme en une « batterie », qui aura des propriétés différentes selon le type de pierre. La forme de la pierre est également importante : une pointe permettra de diriger l'énergie avec précision, tandis qu'une pierre ronde et polie la diffusera comme une ampoule électrique. Les pierres peuvent donc t'accompagner lors de tes rituels : pose-les sur ton corps, dans la poche de ton vêtement, dans ta main, à côté de toi (sur ton espace de travail ou dans un lieu sacré).

La purification des cristaux

Avant de commencer à utiliser l'énergie de tes pierres, il faut en premier lieu les purifier. Toutes les méthodes de nettoyage ne doivent pas être utilisées avec toutes les pierres. Certaines ne supportent pas d'être trempées dans l'eau, et celles qui ont tendance à se fissurer ou à se décolorer ne doivent jamais être chargées à la lumière du Soleil. Pour gagner du temps, purifie plusieurs pierres en même temps. Pour cela :

- Tu peux privilégier la fumigation. Utilise la fumée de l'encens (naturel de préférence) ou des herbes brûlées (sauge officinale, romarin, thym, lavande, etc.) pour dissiper l'énergie négative.
- Tu peux utiliser de l'eau, de préférence de source (eau en bouteille, eau de rivière). L'eau du robinet peut également convenir bien que celle-ci comporte pas mal de calcaire. L'eau de mer peut être une bonne option, mais certaines pierres ne supportent pas le sel.
- Tu peux choisir le son : des cloches, des fréquences...

Comment travailler avec l'énergie des cristaux ?

Lorsque l'on travaille avec l'énergie des cristaux, l'intention joue un rôle important. En effet, après les avoir purifiés, tu vas devoir charger tes cristaux avec ton intention si tu souhaites travailler avec une énergie spécifique. Par exemple, le quartz clair fonctionne avec pratiquement toutes les énergies, mais lorsque tu le charges avec une intention spécifique, le cristal devient encore plus puissant. Pour charger tes pierres, voici ma petite astuce :

- Tiens le cristal dans ta main dominante (celle que tu utilises le plus souvent, notamment celle avec laquelle tu écris).
- Ferme les yeux, imagine ton intention et visualise ton objectif. Par exemple, si ton intention est d'attirer l'amour à toi, répète une phrase comme celle-ci : « Que ce cristal attire l'amour à moi, que les regards se posent sur moi, ainsi soit-il. » Sois attentive à tes ressentis, tes émotions ou même tes sensations.
- Imagine ton intention se transformer en lumière, en action, en visualisant couler ton flot d'énergies dans le cristal.
- Fais cela deux à cinq minutes.

Une fois déchargées des énergies parasites, tes pierres devront être rechargées à nouveau, avec de nouvelles énergies. Et quoi de mieux que le retour à la terre, dans son élément ? Pour ce faire, enterre tes cristaux dans un endroit sûr : dans ton jardin, dans un pot de terre (si tu vis en appartement, par exemple). Laisse-les pendant 24 heures minimum. Tu peux répéter l'opération une fois par mois pour les pierres que tu utilises de temps en temps. Celles dont tu te sers pour tes rituels devront être rechargées, elles, après chaque utilisation.

Tu peux aussi laisser tes cristaux sous la lumière du soleil ou sous les rayons lunaires. Tous ne supportent pas le soleil, quand d'autres ont absolument besoin de l'énergie solaire. Renseigne-toi bien avant de commencer !

LES JOURS DE LA SEMAINE

Les jours de la semaine ont une place importante au sein de la magie. Chaque jour porte en lui l'énergie d'une planète, d'un élément et l'énergie masculine ou féminine. Ces facteurs donnent à chaque jour de la semaine son énergie magique.

LUNDI

Élément : eau.

Mots-clés : capacités psychiques accrues, émotion, féminité, travail intuitif.

Signification : le lundi, ou « jour de la Lune », est une journée de rêve pour l'intuition, la beauté, les rituels féminins.

MARDI

Éléments : feu et eau.

Mots-clés : courage, énergie masculine, force, leadership.

Signification : mardi est le jour de l'action, gouverné par le puissant Mars. C'est de l'énergie pour booster ta carrière.

MERCREDI

Éléments : air et terre.

Mots-clés : changement, communication, créativité.

Signification : le mercredi est le jour d'Odin, ce dieu étant assimilé à Mercure. C'est le moment de communiquer sous différentes formes.

JEUDI

Éléments : eau et feu.

Mots-clés : abondance, richesse, succès.

Signification : le jeudi est le jour des affaires, de la politique, du marchandage et de la fortune. Jupiter, la planète de l'abondance, en est le maître.

VENDREDI

Éléments : feu et terre.

Mots-clés : amour, fertilité, romance.

Signification : le vendredi est une journée consacrée à la beauté, à l'amour, à la sensualité, à la fertilité, aux amitiés, à l'harmonie et à la musique, ainsi qu'à de nouvelles énergies, de nouvelles personnes, de nouveaux projets. Le vendredi est associé à Vénus, la planète de l'amour.

SAMEDI

Éléments : terre, eau et feu.

Mots-clés : finitions, nettoyage, protection.

Signification : le samedi est gouverné par Saturne. C'est un moment de protection, de discipline, de devoir, de liaison, de famille, de manifestation et d'achèvement.

DIMANCHE

Élément : feu.

Mots-clés : croissance, objectifs, pouvoir personnel.

Signification : le dimanche est le jour de la guérison et de la vitalité, ainsi que de la créativité, de la confiance et du succès. C'est le jour qui est régi par le Soleil.

LES ÉLÉMENTS

Nous connaissons tous les quatre éléments de base : l'eau, la terre, le feu et l'air. En magie, on ajoute un cinquième élément qui est l'esprit. L'esprit est la fontaine magique qui se trouve en chacun de nous, notre source individuelle. Dans l'esprit, les quatre éléments de base se réunissent pour travailler en harmonie les uns avec les autres. Les éléments sont liés à la magie naturelle, qui est une magie dite « simple » et idéale pour s'initier à la sorcellerie. Ils sont souvent invoqués lors de la création d'un cercle de protection (voir page 24).

L'EAU

Mots-clés : absorption, amour, calme, changement, compassion, créativité, émotions, fertilité, guérison, instabilité, intuition, méditation, mort, pardon, purification, relations, rêves, sensibilité, tristesse, vie.

Signification : l'eau est traditionnellement associée à la guérison, aux émotions et à l'intuition. On l'appelle parfois l'élément du mouvement, car l'eau est constamment mouvante, et elle est souvent utilisée dans les sorts pour nettoyer, purifier, clarifier et guérir le corps et l'esprit. Mais elle est aussi destructrice et mortelle : l'eau peut reprendre la vie aussi facilement qu'elle la donne.

LE FEU

Mots-clés : action, agressivité, bannissement, chaleur, colère, conscience, courage, créativité, destruction, divinité, énergies, état sauvage, force, guérison, haine, illumination, jalousie, lumière, manifestation, masculinité, passion, pouvoir, protection, purification, volonté.

Signification : le feu est souvent utilisé pour susciter l'innovation, augmenter la vitalité et la vigueur, ainsi que pour accélérer un sort ou lors de transformations. Lorsqu'il est utilisé correctement, le feu est un allié puissant dans la pratique des sorts.

LA TERRE

Mots-clés : abondance, ancrage, animaux, argent, croissance, équilibre, féminité, fondations, force, guérison, mort, nature, paresse, stabilité, succès, vérité.

Signification : la terre est souvent inflexible, mais parfois légère comme une plume et facile à déplacer. C'est à partir de la terre que les plantes poussent et prospèrent, fournissant une source de vie abondante de nourriture.

L'AIR

Mots-clés : clarté, communication, conscience, début, discernement, divination, esprits, frivolité, impulsivité, inspiration, instruction, intelligence, intuition, liberté, logique, mémoire, mouvement, optimisme, pensées abstraites, sagesse, visualisation, voyage.

Signification : l'air est un élément que l'on ne peut pas voir facilement. Il est souvent utilisé dans les sorts pour transmettre des messages, notamment à l'Univers, aux esprits, aux divinités et à nos ancêtres, par le biais de l'encens.

LES SABBATS : LA ROUE DE L'ANNÉE

Les sabbats sont des célébrations païennes (non religieuses), de grandes fêtes liées à la pratique de la sorcellerie. Dans cette partie, je t'invite à découvrir la roue de l'année : le calendrier des sorcières (et surtout des païens). Cette roue représente l'aspect cyclique de la vie, des saisons et de la nature. Elle comporte 8 sabbats.

C'est quoi, les sabbats ?

Ces grandes fêtes correspondent notamment aux quatre fêtes solaires des druides basées sur les solstices (le jour le plus long et le plus court de l'année) et les équinoxes (quand le jour et la nuit ont la même durée) : le solstice d'hiver, l'équinoxe de printemps, le solstice d'été et l'équinoxe d'automne. Personnellement, je fête aussi les changements de saisons.

Libre à chacun de fêter ou non les sabbats. Ces fêtes sont aussi liées à des divinités : Hécate lors de Samhain, Dionysos lors de Mabon, Déméter lors de Lammas, etc. Les sabbats sont très importants pour les sorcières puisqu'ils correspondent aux périodes où la magie est la plus forte, où le voile entre les différents mondes est parfois très fin.

SAMHAIN

Du 31 octobre au 8 novembre

Pendant Samhain, nous célébrons nos ancêtres, la mort et le processus du décès. C'est un moment très solennel lors duquel on se souvient des êtres chers décédés et on décide de ce qui doit « mourir » dans nos vies, comme les mauvaises habitudes ou les schémas que nous avons dépassés.

YULE

Le solstice d'hiver, le 21 décembre

C'est la nuit la plus longue de l'année, après laquelle le Soleil est de plus en plus présent. C'est une période durant laquelle la déesse mère travaille pour donner naissance au nouveau Soleil. Nous honorons la fin de la partie la plus sombre de l'hiver, nous offrons des cadeaux en l'honneur de la naissance du Soleil et nous le célébrons de diverses manières, notamment en brûlant une bûche de Yule.

IMBOLC

Vers le 2 février

C'est une période propice aux nouveaux départs, à la consécration des outils, au nettoyage de printemps, à la réutilisation et au réaménagement des objets. C'est une « fête des lumières » car les jours rallongent sensiblement, et nous allumons toutes les lumières de la maison en signe de célébration.

OSTARA

L'équinoxe de printemps, vers le 21 mars

C'est le moment de penser à nos jardins, de commencer à planter des graines dans des pots, de décider ce que nous voulons « planter » dans nos vies pour qu'elles soient riches et « poussent » comme les plantes. Les célébrations peuvent inclure des images d'œufs et de lapins, car ce sont des symboles de fertilité.

BELTANE

2 mai

Célébration du jeune amour et de l'énergie de la fertilité, ce sabbat comprend des activités comme la danse du mât de mai, la proclamation d'un nouvel amour, le flirt, le renouvellement de l'étincelle avec un partenaire de vie et la célébration de la conception et de la fécondité.

LITHA

Le solstice d'été, vers le 21 juin

C'est le moment du « grand mariage » entre le divin féminin et le divin masculin, période durant laquelle nous célébrons aussi souvent des mariages. Nous fêtons le grand été avec des feux de joie.

LAMMAS

La première récolte de céréales, vers le 2 août

Il s'agit d'une célébration de la récolte des céréales lors d'un festin d'aliments et de boissons liés aux céréales, comme le pain et la bière.

MABON

L'équinoxe d'automne, le 21 septembre

Il s'agit d'une fête de la moisson, comme Lammas, et au cours de laquelle nous nous régalons de toutes les richesses que nous avons produites durant l'année. Nous célébrons le cycle de croissance qui nous donne de la nourriture, et nous pardonnons les dettes, faisons l'inventaire des magasins et retournons dans nos maisons nous mettre à l'abri pour l'hiver. C'est une période de festin, d'amour et de célébration vraiment charmante. On se prépare aussi pour Samhain : on réfléchit d'avance à ce que nous voulons laisser « mourir » lors du prochain sabbat.

LES CROYANCES

Les croyances sont l'un des piliers de la pratique en sorcellerie. Il est important de croire en ce que tu fais, d'avoir confiance en toi, en ce qui t'entoure, sans pour autant tout accepter, juste ce qui résonne en toi. Découvre dans cette partie quelques croyances propres aux sorcières.

LES CRÉATURES ET LES ANIMAUX

De tout temps, nombreux sont les animaux et les créatures vénérés et adorés des hommes. Ceux dont je vais parler ici étaient connus des anciens comme des animaux de pouvoir ou des guides divins (beaucoup ont été associés à des divinités). Les créatures mystiques sont plus surprenantes et font souvent l'objet de nombreux stéréotypes, jugées à tort. Pourtant, chaque personne peut percevoir ces êtres différemment. Les animaux ont aussi une place importante dans la pratique magique. Ils sont plus sensibles à la puissance et aux vibrations psychiques. Ils ressentent et voient beaucoup plus de choses que les humains.

• ÉGRÉGORE, ENTITÉ, ESPRIT, QUELLE DIFFÉRENCE ? •

*• **Un égrégore** est une entité psychique produite et influencée par les désirs et les émotions de plusieurs personnes ayant une envie commune. Ils sont constitués essentiellement d'énergies. Un égrégore a besoin d'être constamment nourri par les pensées et l'imagination humaines.*

*• **Un esprit** est une conscience sans corps physique mais qui possède une âme. Il s'agit très souvent d'un être qui a été vivant sur la Terre à un moment donné.*

*• **Les entités** peuvent prendre différentes formes qui ne ressemblent à rien aux yeux d'un humain. Ce sont des énergies. Certaines entités ont fait le choix de l'incarnation : lorsque le corps meurt, l'âme, elle, continue son chemin et se rattache à quelque chose d'autre. C'est pour ça qu'on parle souvent des vies antérieures (les vies d'avant, que notre âme a vécues). Elles ont un désir puissant de contrôler ou d'influencer d'autres êtres.*

Tout le monde n'est pas d'accord sur ces définitions donc choisis celles qui te correspondent le mieux et te semblent les plus logiques.

Les dragons

Les dragons sont majoritairement anciens, voire très anciens. Ils ont une durée de vie tellement longue, qu'on les dit immortels. Ce sont des esprits très secrets qui protègent leur communauté. Leurs voies d'évolution et leurs plans énergétiques n'ont rien à voir avec les nôtres : ils ont leurs lois, leur hiérarchie, leur propre réalité.

Les dragons sont généralement représentés en lien avec les éléments mais, en réalité, ils n'y sont pas forcément tous liés. Comme toutes entités, ils ne sont ni gentils, ni sages, ni méchants. Ils sont ce qu'ils sont, tout simplement. Chaque dragon a son identité, sa personnalité et ses caractéristiques physiques : un dragon dit de « feu » ne sera pas forcément rouge et destructeur.

Les dragons sont très difficiles à approcher. C'est d'ailleurs souvent eux qui viennent à nous. La base d'une pratique draconique est la confiance, le respect et la dignité.

Toi comme moi ne les voyons pas réellement, mais nos perceptions et nos souvenirs sont également façonnés par nos croyances. En soi, beaucoup de choses existent autour de nous sans que nous ne nous en rendions compte...

Les animaux

Les animaux ont toujours été des êtres sacrés. Autour d'eux gravitent beaucoup de croyances et de significations spirituelles. Le lapin est souvent associé à la magie de la fertilité, à l'énergie de l'amour, à la créativité, à l'inspiration. Le chat est un animal lié à l'inconnu, à l'ombre et la lumière, au mystique, à la sagesse.

Le cerf, quant à lui, incarne la créativité, l'indépendance, la fierté et l'illumination.

Chaque individu possède des guides spirituels, de différentes natures, présents dans de nombreux aspects de notre vie. Certains sont là depuis notre enfance, d'autres apparaissent plus tard. Les animaux peuvent jouer ce rôle d'esprit guide. Nous pouvons invoquer auprès d'eux la paix, la protection, la lumière, l'inspiration... Ils donnent à notre esprit des images, à notre cœur des sentiments et à notre corps des sensations. Ces guides nous aident à rencontrer la magie et le génie de nos vies. Certaines sorcières possèdent aussi un familier : un animal qui offre un soutien moral et donne son énergie aux travaux magiques, grâce à son affinité avec le monde invisible et son lien avec le pratiquant. Tes animaux de compagnie ne sont pas forcément des familiers. Mais lorsque c'est le cas, ils t'accompagnent régulièrement lors de tes rituels, de tes communications avec l'au-delà.

En magie, certains restes d'animaux sont sacrés : les os, les plumes, les crocs, la fourrure et même les coquillages sont utilisés depuis les temps les plus anciens et dans de nombreuses cultures et traditions. Ces restes appartiennent à un animal décédé, son esprit a traversé l'au-delà et a accédé à d'autres plans. Parfois, suite à une mort brutale, tu peux les aider à retrouver la paix, la guérison. C'est important de leur rendre hommage. Si tu trouves un os en forêt, ramasse-le puis, une fois chez toi, entoure-le de bougies, crée-lui un espace dédié, dépose des fleurs devant lui ou allume de l'encens. Cela créera une relation entre l'esprit de l'os et le tien, et améliorera ta pratique de manière nouvelle et intéressante.

Comme tous outils magiques, les os doivent être nettoyés car, avec le temps, ils peuvent accumuler de l'énergie (également s'ils ont été manipulés par de nombreuses personnes ou si l'animal est décédé de façon traumatisante).

Les restes d'animaux ne conviennent cependant pas à tout le monde. Si les os te font peur, ne les utilise pas. Préfères-en d'autres qui ne sont pas le résultat d'une mort comme la peau d'un serpent, des plumes...

LES ESPRITS DE LA NATURE

Les esprits de la nature sont partout autour de nous. Ce sont des êtres discrets et peureux de l'espèce humaine. Et pour cause ! L'homme les a gravement offensés en oubliant le rôle du monde végétal et des éléments. Les esprits de la nature ne sont ni gentils ni méchants : ils protègent simplement leur mère, la terre mère. Ils sont aussi dotés d'une âme, d'un ego et de sentiments. Il existe de nombreux esprits, notamment liés aux éléments mais j'ai choisi de te parler des plus « connus » : les fées et les gnomes.

Les fées

Les fées sont perçues comme des petits êtres mignons avec des ailes. Mais ces stéréotypes portent à confusion car, en réalité, ce n'est pas vraiment ce qu'elles sont. Les fées ont leurs propres lois, leur hiérarchie. Elles sont très protectrices, ce sont des gardiennes : comme tous les êtres de la nature, elles maintiennent un équilibre entre les différents plans de l'existence. Elles élèvent aussi les vibrations des êtres vivants que ce soient des minéraux, des végétaux, des animaux ou des humains.

Les humains ont toujours redouté les fées car elles sont souvent impitoyables dans leurs punitions, même les « bonnes » fées. Puis, au fil du temps, elles sont devenues un petit peuple de moins en moins puissant aux yeux de l'humain, ce qu'elles sont pourtant loin d'être !

Les fées (et les autres esprits de la nature) constituent un peuple parallèle. Leur plan est vraiment très proche du nôtre, c'est-à-dire qu'elles peuvent plus facilement interagir avec nous. Malgré cela, elles restent très discrètes et ne veulent que rarement approcher les humains dont elles se méfient. Elles se laissent ainsi difficilement voir. Certaines vivent dans la nature, mais d'autres se plaisent en ville, car, oui, elles aiment les énergies urbaines. Et contrairement à ce qu'on pense, les fées mangent de la viande, adorent le tabac et raffolent de l'alcool.

Leur apparence dépend de la manière dont elles ont envie de se montrer. Elles peuvent prendre une forme humaine mais, le plus souvent, leur peau est recouverte de petites plaques aux reflets irisés, comme les insectes. Elles sont d'ailleurs dotées d'ailes de libellule. Elles ont une très grande bouche disproportionnée munie de dents, qui ne servent pas uniquement à manger des sucreries, et surtout, elles possèdent de très grands yeux sans sclérotique (blanc de l'œil) visible.

Les gnomes

Les gnomes, comme les fées, sont de tailles diverses. On qualifie ces êtres de rusés, malicieux et difficiles à gérer. Mais, comme tous les esprits de la nature, lorsque tu gagnes leur confiance, ils se montrent fidèles et loyaux.

LES DIVINITÉS

Les divinités existent depuis la nuit des temps, que ce soit en Grèce, en Égypte ou dans la culture nordique. Depuis toujours, les humains les vénèrent, font appel à elles, leur rendent hommage, leur donnent vie.

C'est quoi, une divinité ?

Une divinité est un être spirituel, une force venue d'un autre plan, qui est un objet de déférence dans différentes religions. Ces forces suprêmes peuvent être là pour nous, comme des guides, des piliers, une aide. Avec elles, nous pouvons établir une réelle relation basée sur la confiance, le respect et l'amour.

Les divinités sont de très fortes énergies, parfois très difficiles à supporter et à contrôler. Alors, un conseil : avant de commencer à travailler avec des divinités, honore tes ancêtres. Pour cela, crée un autel, un endroit sacré où tu vas venir déposer des photos ou des objets leur appartenant. Réalise également des offrandes : partage tes repas, dépose une tasse de café ou de thé, selon les préférences qu'ils avaient de leur vivant, chante ou danse pour eux, diffuse la musique qu'ils écoutaient... Ce sont des êtres très proches de toi qui peuvent être de vrais boucliers protecteurs.

Le travail avec une divinité, ça consiste en quoi ?

Lorsque tu travailles avec des divinités, certaines règles s'appliquent, comme c'est le cas dans toute relation personnelle ou professionnelle, dans notre monde physique. Je déconseille aux débutantes de se lancer dans un tel projet car il faut déjà savoir maîtriser les bases, être capable de supporter de fortes énergies et également de les reconnaître.

Certaines divinités peuvent se faire passer pour d'autres. Montre-toi donc vigilante. Le travail avec une divinité est très sérieux et ne doit pas être pris à la légère. Tu dois être capable de communiquer avec elle, de savoir s'il s'agit vraiment d'une divinité ou d'un imposteur, de pouvoir te protéger si ce n'est pas le cas et d'avoir la capacité de lui consacrer ton temps, ton énergie et souvent ton argent (achat de fleurs, de statues, de bougies, de décoration... même si cela reste facultatif).

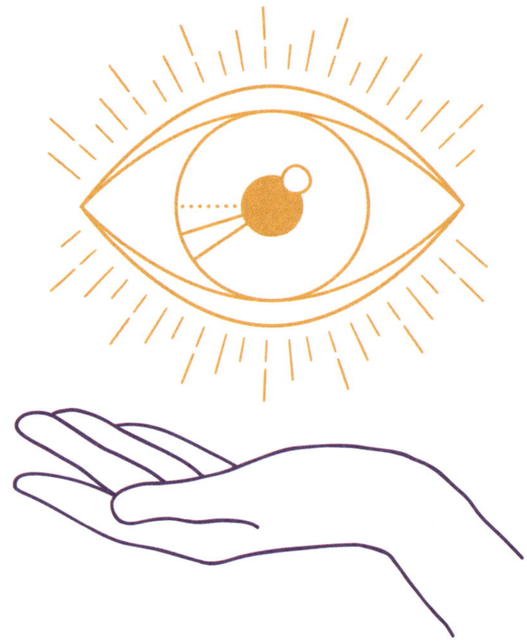

Malheureusement, le travail avec les divinités est à la mode, et beaucoup ont arraché les dieux et les déesses à leur contexte culturel et les ont incorporés, comme ils le souhaitaient. Sauf que ça ne marche pas ainsi ! Il faut énormément s'informer à leur sujet, respecter leur passé, leur histoire.

LES RÈGLES D'OR

*• **Demande de l'aide :** les divinités reconnaissent ton libre arbitre et elles n'interviendront pas si tu ne les invites pas à le faire.*

*• **Fais preuve de respect :** traite les esprits comme des enseignants et des alliés honorés, et non comme des serviteurs.*

*• **N'essaie pas de gérer les divinités :** si tu demandes l'aide de ces êtres, remets-leur les rênes et permets-leur d'exécuter ta demande comme elles le souhaitent, comme elles l'entendent.*

*• **Exprime ta gratitude :** n'oublie pas de remercier les êtres qui t'aident, donne-leur des offrandes, consacre-leur un espace, fais des prières.*

L'attirance

Il existe beaucoup de divinités dans de nombreuses cultures. Tu vas peut-être te sentir attirée par une divinité en particulier. Si tu te sens obligée d'étudier une divinité sans raison logique apparente, cela peut signifier que cette dernière essaie de te pousser vers elle. Aussi, grâce à des synchronicités (voir l'explication ci-dessous), elle mettra sur ton chemin des personnes qui travaillent avec elle. C'est exactement ce qui m'est arrivé avec la déesse Hécate.

Les signes

Ah, les signes ! Beaucoup parlent de recevoir des signes de l'intérêt d'une divinité : des événements de leur vie de tous les jours sont en lien avec cette divinité et ses attributs. Ces signes, tu peux les recevoir dans ta vie quotidienne, dans tes rêves, lors de synchronicités. Pour te donner un exemple, avec la déesse Hécate, je rêve très souvent de serpents, me faisant finalement aimer ce reptile alors que c'était l'une de mes plus grandes phobies.

Parfois, des odeurs, des parfums, des goûts ou des sensations liés à la divinité peuvent également se faire ressentir. Mais voir un corbeau et l'interpréter comme un symbole de Hécate ne change rien au fait que cet oiseau n'est qu'un oiseau. Ce qui en fait un signe, c'est que tu l'as remarqué. Les signes eux-mêmes sont des choses banales.

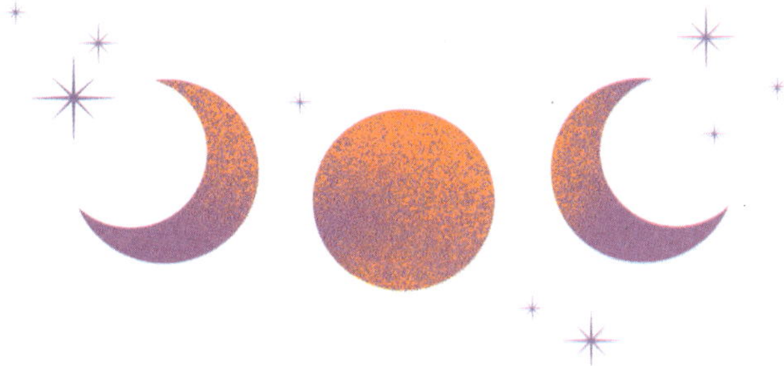

Ces signes, tu peux aussi les réclamer aux divinités car cela leur permet de savoir que c'est la façon dont tu veux qu'elles affirment leur présence ou leur intérêt. Tu auras plus de chances de les remarquer lorsqu'ils apparaîtront, car tu les auras cherchés. Demande des signes cohérents et de préférence en lien avec la divinité.

Les synchronicités

Comme tu as pu le voir, ce terme revient très régulièrement. Les synchronicités sont des signes qui se produisent successivement ou en accord les uns avec les autres pour attirer l'attention sur eux. C'est quand tu te dis : « Hum, ce n'est pas du hasard » ou bien : « Ça fait beaucoup d'un coup, non ? » Par exemple, voir un serpent est une chose, mais lire un livre sur Hécate dans un parc, lever les yeux et apercevoir un corbeau qui te regarde en est une autre. Fais attention à toutes les coïncidences étranges !

La déesse Hécate

La déesse Hécate est une triple déesse qui règne sur les cieux, la terre et le monde souterrain. Elle est la maîtresse de la nuit et représente le cycle de la Lune, qui va du déclin à l'obscurité, et plus particulièrement les trois jours de la Lune noire. Hécate symbolise l'obscurité qui est en nous, la partie de notre psyché que nous refusons de reconnaître.

Hécate nous enseigne une leçon importante : le féminin doit être apprécié pour ce qu'il est et non pour le pouvoir qu'il apporte. Au fond de lui se trouve une sagesse éternelle. Hécate est également la grande prêtresse, la gardienne des mystères. Elle n'est pas la prêtresse qui cherche la connaissance intérieure, mais celle qui l'a trouvée et la transmet aux autres.

Quand on apprend de Hécate avec patience et amour, on comprend qu'elle n'est pas une vilaine sorcière, mais une belle déesse. Il faut de la volonté et être prête à se « sacrifier » : être capable d'abandonner ses habitudes et ses amis négatifs, prendre du temps pour la méditation et les rituels, être gentille et compréhensive envers son prochain et ouverte à de nouveaux modes de pensée et de compréhension spirituels.

Nous devons visiter et accepter le côté sombre et inconscient de notre nature intérieure. Nous devons faire face à notre Hécate intérieure, établir une relation avec elle en tant que gardienne de notre inconscient pour nous permettre, en faisant confiance à son intendance, de grandir dans la conscience du riche royaume de notre monde souterrain personnel.

La divinité se montre directement à toi

Il se peut que la divinité apparaisse dans un rêve ou lors d'une méditation. C'est un signe assez flagrant mais si cela n'arrive pas, ce n'est pas grave. Tout le monde n'a pas la capacité de se souvenir de ses rêves et tout le monde n'est pas à l'aise avec la méditation. Hécate est déjà intervenue de nombreuses fois dans mes rêves mais jamais sous la même forme, alors je te conseille vivement de tenir un « journal de tes rêves », où tu pourras y noter chaque détail, chaque souvenir.

Les recherches

Lorsque tu t'intéresses à une divinité, je t'invite à effectuer des recherches sur elle. Cela pourra t'aiguiller et te permettra d'avoir de bonnes bases sur la divinité en question. Voici une série de questions auxquelles tu peux essayer de répondre :

- Quels aspects fondamentaux de la nature ou de l'humanité représente la divinité ?
- Qui est-elle ? Quel est son domaine divin ? Et ses associations ?
- Quelles capacités possède la divinité qui font qu'elle est vénérée (la guérison, la protection, la justice...) ?
- Comment la divinité était-elle vénérée dans les temps anciens ? Comment son culte différait-il d'un groupe à l'autre et d'une époque à l'autre ?
- À quoi ressemble la divinité ? Comment est-elle représentée ? Pourquoi ?
- Quels sont les jours sacrés de la divinité ? Pourquoi célèbre-t-on la divinité ?

- Quels sont les mythes et les histoires autour de la divinité ?
- Quels sont ses aspects les plus sombres ? Toutes les divinités en ont ! Que signifient-ils et pourquoi sont-ils importants ?
- Quelle est sa personnalité en tant qu'individu ?
- Qu'espères-tu retirer de ta relation avec elle ?

Les offrandes

Une offrande est un don de soi. Si cela ne nous coûte rien et/ou ne représente rien, ce n'est pas une offrande. Pour moi, faire une offrande, c'est savoir donner. Généralement, c'est pour honorer, célébrer un culte : le cycle des saisons, le Soleil, la Lune, la nature, une entité, une divinité, un esprit, un ancêtre... Le but en faisant l'offrande est de reconnaître la force et la puissance de ce que l'on honore. Les offrandes peuvent être faites régulièrement, ce qui permet de montrer son engagement et d'entretenir la relation. C'est aussi une façon de remercier pour ce que l'on a reçu : on donne en retour pour témoigner sa reconnaissance.

Lorsque tu fais une offrande, tu dois d'abord comprendre comment fonctionne la divinité, ce qu'elle représente, quel type de cadeau lui conviendrait et ce qu'elle accepterait sûrement. Il serait certainement mal venu d'offrir des fleurs à un dieu de la guerre, n'est-ce pas ? Avant de faire une offrande, renseigne-toi et sois en alerte avec tes sens. Faire des recherches sur Internet ou demander l'avis d'un pratiquant est absolument nécessaire. Tu peux aussi interroger directement la divinité.

Voici ce qu'on peut généralement offrir à une divinité :

- De la nourriture (chocolat, fruits, graines, viande, poisson)
- Des liquides (alcool, eau, lait, jus de grenade et autres)
- Des objets
- Des poèmes, un chant, une danse
- De l'encens
- Des créations faites main (peinture, dessin, bijou)

Pour réaliser une offrande, j'ai mon propre petit rituel que je vais te présenter. Cela te donnera une idée du processus même si cela reste propre à chacun. D'abord, j'allume les deux bougies que je possède pour ma divinité, puis un encens pour apporter de l'énergie positive et du confort dans mon espace sacré. Je place ensuite l'offrande sur mon autel et dis à ma divinité que l'offrande que je présente est pour elle, que j'espère qu'elle la rendra heureuse et que cela lui permettra de se nourrir énergétiquement parlant. Je termine mon rituel en la remerciant d'être avec moi.

Pour Hécate, par exemple, on peut lui offrir des pierres comme la pierre de lune, le cristal, la labradorite ou l'améthyste. Ses plantes sont l'if, le cyprès, l'opium, le pavot, l'amande, l'armoise, le noisetier, le camphre, l'ail, la lavande ou la rose. Ses outils sont le chaudron, les couteaux, la clé, les torches. Ses animaux sont le chien, le serpent, le lion, le cheval, le chat noir. La chouette est son messager. Elle apprécie le violet, le rouge et le noir.

La communication

La seule façon d'être sûre de faire une offrande appropriée est de parler à la divinité, en utilisant la méditation, la divination (pendule, cartes...) ou en utilisant tes capacités spirituelles, si tu en as. La plupart des dieux sont ouverts et à l'écoute si tu leur tends la main. Mais avant d'essayer quoi que ce soit, je ne le rappellerai jamais assez : effectue des recherches. Prête une attention toute particulière à l'iconographie de la divinité, ainsi qu'à ta propre intuition, les divinités ne se comportant pas forcément de la même façon avec chaque personne.

L'UTILISATION DES ARTS DIVINATOIRES

L'art de la divination existe depuis que l'homme cherche des signes pour l'aider à prendre des décisions éclairées, à trouver des réponses autrement que par lui-même. Ce que nous considérons comme l'art de la divination comprend différentes pratiques qui font toutes partie du même arbre. Les arts divinatoires peuvent aussi être utilisés pour communiquer avec le monde de l'invisible.

Les plus connus sont :

- Les runes : pour interpréter un message divin
- L'oracle et le tarot (la cartomancie) : pour prévoir l'avenir
- Le pendule : pour trouver une réponse à une question par « oui » ou par « non »
- L'écriture automatique : pour communiquer avec des énergies extérieures (défunts, entités, esprits)
- La planche à esprits (le ouija) : pour recevoir des messages des esprits

Les runes

Il y a fort longtemps, selon le peuple nordique, le dieu Odin créa les runes comme un cadeau pour l'humanité. Ces symboles sacrés furent à l'origine gravés dans la pierre. Au fil des siècles, ils ont évolué pour devenir une collection de seize lettres, chacune ayant une signification métaphorique et divinatoire. Avant de les utiliser, je te conseille fortement de t'informer sur celles-ci, de connaître leur origine et de te connecter à elles.

Chaque matin, au réveil, concentre-toi sur la question : « Que me réserve cette journée ? ». Choisis ensuite une rune au hasard que tu vas venir piocher dans un petit sac ou un pochon. Puis regarde la signification de celle-ci et prends des notes. Ensuite, une fois la journée passée, réfléchis à ce qui s'est passé et à la façon dont tu peux relier ces situations à la lecture des runes.

La cartomancie

Il faut savoir qu'aucune forme de divination ne s'intéresse exclusivement à l'avenir. La cartomancie est par exemple plus un outil psychologique qu'autre chose. Elle te révèle tes envies, tes peurs, tes bagages à évacuer, ce que tu dois faire ou croire pour avancer. Les cartes présentent des symboles que ton cerveau reconnaît et dans lesquels il perçoit des modèles. C'est un outil qui t'aide à poser des mots sur ce que tu ressens. Chaque carte a une signification qui s'applique différemment selon les situations, et c'est le travail du lecteur de comprendre quelle signification apporter à chaque carte en fonction de la situation actuelle. Comme tout art divinatoire, la cartomancie est accessible à tous et s'apprend.

Il existe de nombreuses façons de tirer les cartes, mais, de manière générale, il faudra tout d'abord poser une question au jeu de cartes. Celle-ci doit être claire et ouverte. Étale ensuite les cartes en éventail, face non visible, et choisis la ou les cartes qui attirent ton attention. Il faut vraiment t'écouter et suivre ton intuition. Tu peux aussi mélanger le paquet, de façon assez rapide pour que certaines cartes « sautent » du paquet. Généralement, ton jeu est accompagné d'un livret où tu trouveras la signification de chaque carte. À toi de prendre des notes et voir si cela te parle !

Voici un exemple de questions que tu peux poser à tes cartes :

- Que se passe-t-il en ce moment ?
- Quelles sont les énergies du moment ?
- Quelle leçon dois-je retenir ?
- De quoi dois-je me débarrasser ?

Le pendule

Le pendule est un outil qui permet d'amplifier la perception de l'énergie provenant de tes mains. Pour utiliser un pendule, tiens-le comme sur l'illustration ci-contre. Le pendule va prendre une direction précise pour répondre à tes questions. Il faudra donc commencer par le « programmer ». Demande-lui : « À quoi ressemble un non ? », puis « À quoi ressemble un oui ? » Par exemple, ton pendule peut réaliser une rotation verticale qui signifiera « non », un mouvement horizontal qui signifiera « oui », et un mouvement circulaire qui signifiera « neutre » ou « je ne sais pas ».

Pose ensuite à ton pendule des questions fermées (dont la réponse peut être seulement « oui » ou « non » comme : « Vais-je obtenir mon permis de conduire ? »). Assure-toi d'arrêter complètement tout mouvement de pendule entre les questions afin d'évacuer toute énergie persistante relative à la question précédente.

L'écriture automatique

L'un des moyens les plus populaires d'obtenir des messages du monde des esprits est l'écriture automatique. Il s'agit tout simplement d'une méthode par laquelle une personne tient un stylo et laisse les messages s'écouler à travers elle sans aucune pensée ou effort conscient. Les entités ou défunts prennent le contrôle de notre énergie en faisant couler un flux énergétique le long de notre bras jusqu'à notre poignet. Attention, ce n'est pas de la possession mais il faut être vigilant, ce n'est pas sans risque non plus.

Le ouija

Il faut savoir que communiquer avec les esprits est une chose très risquée et compliquée. La planche de ouija est un outil où apparaissent généralement les lettres de l'alphabet latin, des chiffres ainsi que les termes « oui », « non », « bonjour » et « au revoir ». Elle sert donc de canal pour permettre la communication avec les esprits. Lorsque tu actives une planche de ouija, c'est comme allumer un phare dans le plan astral : cela attire toutes sortes d'entités. Il faut donc très bien maîtriser les énergies, la protection et la fermeture de portails. C'est un outil que je déconseille aux débutants.

TROUVE TON NOM DE SORCIÈRE

À l'origine, l'adoption d'un nom magique symbolisait la renaissance ou l'atteinte d'un nouveau niveau d'initiation ou de révélation dans le monde magique. Certaines sorcières pensent qu'elles ont besoin de deux noms magiques : un, public, et un autre, que seules elle et la déesse qu'elle vénère connaissent.

COMMENT FAIRE ?

Avoir un nom de sorcière est facultatif. Si tu souhaites en posséder un, c'est à toi de le créer ou de le trouver. Il arrive également que les dieux le choisissent pour toi, comme l'a fait Hécate avec moi. Le nom que m'a transmis Hécate signifie en hébreu « Dieu est avec nous ».

Il existe plusieurs moyens de trouver ton nom de sorcière :

- Le hasard
- Un rêve
- Une intuition
- Le pendule
- Il peut t'être offert par une entité, une divinité

LA NUMÉROLOGIE

Une autre méthode pour trouver ton nom de sorcière est d'utiliser la numérologie : il faudra d'abord que tu additionnes les chiffres de ta date de naissance. Si ta date de naissance est le 11 mai 2004, additionne les chiffres 1+1+5 (correspondant au mois de mai) + 2 + 0 + 0 + 4 = 13. Additionne ensuite le 1 et le 3 afin de les réduire à un seul chiffre : 1 + 3 = 4. Le chiffre 4 est ton numéro de naissance. Utilise les correspondances ci-dessous pour créer ton nom de sorcière qui doit correspondre à ton numéro. Dans cet exemple, nous utilisons toujours le chiffre 4.

1 = A, J, S	4 = D, M, V	7 = G, P, Y
2 = B, K, T	5 = E, N, W	8 = H, Q, Z
3 = C, L, U	6 = F, O, X	9 = I, R

Un exemple de nom magique qui s'aligne avec le chiffre 4 est Ranax (les lettres du nom doivent, en s'additionnant, être égales à 4, le numéro de naissance). Voici comment : Ranax = 9 + 1 + 5 + 1 + 6 = 22 = 2 + 2 = 4.

Choisir son nom en utilisant cette méthode peut être un vrai casse-tête. Il se peut que tu aimes la sonorité et la signification d'un nom qui te tient à cœur, mais qu'il ne s'aligne pas numériquement avec toi. Ce n'est pas grave. Mais si cette méthode t'intrigue, continue à jouer avec les lettres et les nombres jusqu'à ce que tu découvres un nom qui t'aille parfaitement. Sinon, utilise les autres méthodes citées plus haut.

LE DÉROULEMENT D'UN RITUEL

Maintenant, place à la pratique ! Un rituel doit être réalisé avec intention et conscience pour créer un changement à un certain niveau. Les rituels sont effectués en réalisant des actions symboliques dans le monde physique.

LES BASES DU RITUEL

Lorsque tu lances un sort, tu agis en tant que moteur de ce changement. Tu fais appel à des ressources pour rassembler et diriger l'énergie. Les rituels demandent de la préparation et du temps. Ils doivent être fondés et logiques.

La plupart des rituels doivent suivre des correspondances qu'il est important de respecter. Je t'en ai présenté certaines plus haut (les jours de la semaine, les divinités, les herbes, les pierres, les couleurs, les éléments...) mais il y en existe bien d'autres (les heures planétaires, les huiles, les planètes, les animaux totems, les alphabets magiques, les mots et les symboles...). L'important est de savoir que ces différents éléments ont des significations particulières et qu'en fonction de ton intention, tu devras utiliser telle ou telle pierre, divinité ou couleur.

Cela fonctionne-t-il immédiatement ? Non. Ce que tu dois faire une fois que tu as jeté ton sort, c'est rester confiante, y croire mais aussi ne plus y penser, afin de ne pas bloquer les énergies du rituel.

L'AVANT-RITUEL

Avant de te lancer dans la réalisation d'un rituel, n'oublie pas de réaliser ces trois actions indispensables :

1 L'intention

Établis ton objectif et cerne tes intentions (voir page 16).

2 La purification

Suis les différentes étapes présentées pages 18-19 pour réaliser une purification. Ce que je te conseille également de faire, c'est de te laver. Sous la douche, visualise l'eau qui coule sur ton corps. Cette eau qui va s'évacuer, en passant du haut de ta tête jusqu'à tes pieds, va te libérer de toutes les ondes négatives accumulées dans la journée. Cet acte permet vraiment de détendre le corps et l'esprit et de laisser les impuretés s'écouler dans l'eau. C'est un vrai moment de relaxation et de lâcher-prise.

Porte ensuite des vêtements dans lesquels tu te sens bien. Cela peut être un pyjama, une robe, une tenue que tu as décidé de dédier à ta pratique, lors de travaux magiques. Tu es libre de faire comme bon te semble !

3 La protection

Qui dit travail avec les énergies, dit protection (voir pages 20 à 24), n'oublie pas ! Il serait également préférable d'être bien ancrée (voir page 25).

• • • LE RITUEL D'AMITIÉ • • •

Réalise ce sort pour élargir ton cercle d'amis et trouver des personnes qui partagent tes centres d'intérêt.

Pour cela, tu auras besoin :
- D'un jeu de tarot
- De deux verres identiques
- D'eau

1. Remplis les deux verres d'eau puis place-les sur une surface plate (une table).

2. Sélectionne quatre cartes dans ton jeu de tarot. La première est le cavalier. Il représente les nouvelles personnes qui entrent dans ta vie. Choisis le cavalier dans la « couleur » qui correspond le mieux à tes intérêts : les cartes Bâton pour les personnes actives, les cartes Coupe pour les personnes émotives, les cartes Épée pour les intellectuels, et les cartes Pentacle pour les commerçants et les artisans. Sélectionne ensuite la carte Deux de Coupe : elle sera un pont entre toi et les autres. Puis la carte Trois de Coupe : elle désigne ton objectif (le partage de bons moments avec des amis). Enfin, choisis une carte fétiche qui t'attire : elle doit te représenter.

3. Lorsque tu es prête, visualise la personne que tu es, ce que tu aimes faire, les expériences que tu souhaites partager avec les autres. Puis, sur la table, place au-dessus de ta carte fétiche le Deux de Coupe. Pense à ton besoin d'aller vers les autres. Tu es une personne qui veut de bons amis et qui est également capable d'être une bonne amie.

4. À gauche de ces deux cartes, place le Cavalier, celui que tu as choisi pour représenter tes intérêts. Figure-toi comment les canaux s'ouvrent pour faire entrer dans ta vie des personnes qui te ressemblent.

5. À droite de ces deux cartes, place enfin le Trois de Coupe. Visualise-toi en train de t'amuser avec d'autres personnes dans un cadre qui te plaît.

6. Après avoir consacré quelques instants à la visualisation, verse l'eau lentement et soigneusement d'un verre à l'autre, tout en prononçant les phrases suivantes : « Je tends la main avec la puissance de mon cœur et la puissance de mon esprit. Je donne l'amitié, je prends l'amitié. Je partage de bons moments avec mes amis. Tous les canaux de la société me sont ouverts. L'amitié provient de nombreuses sources, de près, de loin, de sources attendues et inattendues. Comme je le veux, il en est ainsi, et il en sera ainsi ! »

7. Répartis ensuite l'eau de manière équitable dans les deux verres, puis bois une gorgée de chaque verre. Donne le reste à la terre. N'hésite pas à garder la carte du cavalier près de toi. Si tu parviens à concentrer ton énergie de manière claire, ce sort fonctionnera rapidement !

MISE EN PRATIQUE : QUELQUES RECETTES

Dans cette partie, tu trouveras quelques recettes qui te seront très utiles dans ta pratique et que, moi-même, j'aime utiliser.

L'HUILE D'ONCTION

Les huiles sont généralement utilisées pour recouvrir les bougies lors de rituels. Elles peuvent aussi s'appliquer sur des zones de ton corps. Ici, je te propose de réaliser une huile pour développer tes capacités psychiques.

Pour réaliser cette huile, il te faudra :

- Un récipient (fiole, bocal)
- De la rose, du thym, de l'hibiscus, de la lavande et de l'armoise
- De l'huile (d'olive ou neutre)

1 Pour commencer, charge tes plantes (explications page 32, munis-toi pour cela d'encens, d'un bâton de fumigation et d'un décagone) avec l'intention du rituel : « Développer mes capacités psychiques » dans notre exemple.

2 Puis purifie ton récipient (explications pages 18-19).

3 Glisse tes plantes dans le récipient puis ajoute l'huile préalablement préparée. Tout en tenant le récipient dans tes mains, dis ensuite à voix haute ou dans ta tête : « Que cette huile augmente la puissance de mes capacités, je te conjure maintenant, je te charge de force, je te donne une vie d'une durée infinie et une énergie magique illimitée. Aide-moi à développer davantage mes capacités psychiques. Enfin, qu'une nouvelle aventure s'ouvre à moi, comme je le veux, chargée que tu sois. »

L'AMULETTE DE PROTECTION

Tu vas pouvoir réaliser une amulette de protection à l'aide d'un bijou qui te tient à cœur : un collier serti d'une pierre, un symbole ou encore un bijou que tu auras fabriqué toi-même. Tu peux le porter autour de ton cou lors de rituels ou lorsque tu en ressens le besoin lors de tes sorties extérieures. Il est essentiel de comprendre qu'aucun objet n'est magique en soi, mais qu'il le devient dès lors que nous y mettons de l'énergie. Comme nous sommes constitués d'énergie, tout ce qui se trouve dans le monde matériel possède également une âme qui se reflète sur les autres plans astraux. Ainsi, il faut unir notre énergie à l'objet.

1 Pour y parvenir, choisis l'objet en question (un pendentif, une bague, un bracelet ou un symbole). Réalise ensuite le cercle de protection présenté page 24. Tu vas maintenant utiliser les éléments ! Concentre-toi, détends-toi et, quand tu es prête, invoque les éléments.

2 Commence par l'élément de l'air : place-toi devant celui-ci et à l'aide de l'encens ou d'un bâton de fumigation, fait passer l'objet à travers la fumée en disant : « Puisses-tu absorber l'énergie de l'air, puisses-tu apporter et enlever toute énergie négative loin de moi. »

3 Ensuite place-toi face à l'élément du feu : chauffe l'objet sur la flamme de la bougie (pas trop près si l'objet en question est en plastique). Attention à ne pas te brûler ! N'hésite pas à prendre quelque chose qui éloigne tes mains de la flamme. Tout en faisant cela, dis : « Comme le feu brûle et brûle tout, puisses-tu brûler et brûler tout ce qui peut me nuire. »

4 Passe ensuite à l'élément de l'eau : immerge complètement l'objet dans l'eau et dis : « Comme l'eau cache, berce et protège, puisses-tu me protéger et me cacher de ceux qui me feront du mal. »

5 Puis, avec le dernier élément, la terre, frotte l'objet à de la terre ou du sel, en disant : « Puisses-tu absorber l'énergie de cet élément. Comme la terre est solide, tu peux me soutenir et me protéger de toute énergie négative. »

6 Pour finir, lève maintenant les bras vers le ciel avec l'objet qui pend dans tes mains et dis : « Je suis l'énergie. Je suis de la même énergie que l'Univers et les dieux. Toi et moi sommes unis par la même énergie, par la même force. Par le pouvoir de trois fois trois, tu me protèges et par ce souffle, je te donne la vie. » Souffle sur l'objet. Ça y est : ton amulette de protection peut maintenant remplir toute sa fonction !

LA BOUGIE RITUALISÉE

Les bougies parlent un langage magique, les mots étant exprimés par le scintillement et la danse de la flamme, le déploiement de la fumée et l'éclatement de la cire chaude. C'est un outil que j'aime utiliser. Les bougies font partie intégrante de la base de mes rituels. Ici, je vais te proposer de réaliser une bougie pour attirer l'amour à toi, attirer les regards sur toi. Encore une fois, tu peux utiliser cette méthode pour un tout autre objectif.

Pour cela, tu vas avoir besoin :

- D'une bougie rose ou rouge
- De rose, de basilic, de cannelle, de piment, de patchouli, d'hibiscus
- D'une huile d'onction (que tu as faite avec la même intention que la bougie que tu vas réaliser)
- D'une bougie chauffe-plat
- D'un outil pour graver (clou, pic de porc-épic, athamé ou autres)

1 Pour commencer, charge tes plantes (voir page 32) avec l'intention du rituel : « J'attire à moi un amour sain et sincère », par exemple.

2 Grave ensuite le long de la bougie, avec l'outil de ton choix, ton prénom, en pensant à l'objectif de ton rituel : il doit s'agir de pensées et de souvenirs heureux et affectueux, de ce que tu aimerais attirer à toi. Tu peux aussi sculpter un cœur, le mot « love » ou bien d'autres symboles qui ont une signification importante pour toi ou en lien avec l'amour.

3 Une fois cette étape faite, habille ta bougie en la recouvrant d'huile. La direction dans laquelle tu répands l'huile détermine si tu fais venir quelque chose à toi ou si tu l'éloignes de toi. À l'aide de tes doigts, fais couler l'huile du haut de la bougie vers le bas pour attirer vers toi. Ne fais pas de va-et-vient, repars toujours vers le sommet de la bougie.

4 Enfin, parsème les plantes sur la bougie. Grâce à l'huile, elles viendront se coller naturellement, mais je te conseille, en plus, de venir répandre de la cire à l'aide d'une bougie chauffe-plat le long de la bougie pour « emprisonner » les plantes et qu'elles restent bien collées sur celle-ci.

5 Voilà, ta bougie est terminée ! Prends-la dans tes mains ou positionne tes mains de part et d'autre de la bougie, puis dis : « J'appelle la terre pour lier ce sort. Air, accélère son voyage. Feu, donne-lui l'esprit d'en haut. Eau, étanche mon sort avec amour. Ainsi soit-il. » Tu peux désormais l'utiliser lors de rituels, la laisser se consumer entièrement en visualisant ton objectif final.